恋がくれた宝物

夢乃咲実

CONTENTS ✦目次✦

✦カバーデザイン＝久保宏夏（omochi design）
✦ブックデザイン＝まるか工房

イラスト・榊 空也✦

恋がくれた宝物

「ただいま……」

初海はそっと勝手口の扉を開けた。

台所には誰の姿もなく、奥から話し声が聞こえてくる。

家に入る前に、玄関の前に見たことのない車が止まっていたのが見えたから、お客だろうと見当はついていた。

骨組みの細い華奢な体格ではあるけれど、遅ればせながら最近ようやく百七十センチを超した身体には、少々袖丈の短い学生服。

片手には中学から使っているすり切れた鞄、もう片方の手にはスーパーの袋。

その袋から、冷凍や冷蔵ものを取り出して冷蔵庫にしまう。

学校帰りに買い物をしてくるのは、バイトがない日の初海の仕事だ。

朝出かける前に、買い物リストとともに預かったお金のお釣りとレシートとを、調理台の上にきちんと並べておく。

それから初海はそっと耳を澄ました。

声は、リビングの方から聞こえてくる。初海の部屋として与えられている二階の納戸に行くためには、リビングの前を通らなくてはいけない。

廊下に面した扉が開いているか閉まっているか、そこが問題だ。

——空気のようであれ。

この家に引き取られてきてから二年、初海が自分に課しているのはそんな在り方だ。

この家の人たちが、遠縁の子どもでしかない初海を家に置き、とりあえず高校卒業までは「保護者」として面倒を見てくれているとはいえ、何か気に入らないことがあればいつでも追い出せる立場であることは心得ている。

これまでも、何軒もの家で「面倒を見て」もらい、ほんのちょっとしたことで施設に戻され、そしてまた、別な遠縁の家に移った。

理由はいろいろだ。

空腹でのつまみ食いは一度だけ。あとは、文房具をなくしてしまって「無駄遣いをする」と怒られたり、誤解から理不尽な怒られ方をしてつい反論してしまったり、一度などその家にいた同い年の子どもより学校の成績がよかったから、なんて理由もあった。

嘆いてみても仕方がない。

親がない子どもというのは、そういうものなのだ。

それでも、施設が積極的に親戚を探す姿勢を取っていたこともあり、これまで何軒もの家で、自分の「在り方」を学びながらなんとかやってきた。

そして今の家は、高一の途中からで、二年目。

中規模の会社を定年退職した主(あるじ)と、その妻の二人暮らしで、初海よりかなり年上の独立している子どもが二人。

「おばさん」と呼んでいる、亡き父のはとこだかなんだかという女性に、初海が「便利に使える」と思って貰（もら）えるように心がけ、どうにか居場所を得た感じだ。

あと半年すれば、高校を卒業して就職する。もちろん進学などは問題にならない。

その後は「保護者」は必要としない立場になって、自立できる。あちこちさまよい歩くのは、この家が最後になるだろう。

もっとも「保証人」は何かと必要になってくるから、不安はまだまだあるけれど。

初海はそっと、台所から廊下に出る扉を開けた。

廊下の先に見える、リビングの扉はどうやら閉まっているようだ。

足音を忍ばせて素早く廊下から階段に向かおうとしたとき――

「そろそろだと思うんですけどね」

そんな「おばさん」の声とともに、いきなり扉が開いて初海にぶつかった。

「あっ」

「何よ、驚くじゃないの！」

おばさんは初海の姿を見て驚きと怒りをぶつけてくる。

「帰ったなら帰ったって言いなさい。何をこそこそしていたの！」

お客が来ているなら邪魔をしないようにしようと思っただけだけれど、反論しても面倒なことになるだけだ。

「すみません」

それだけ言って、急いで階段のほうに向かおうとすると。

「待ちなさい、あんたに用があるのよ」

おばさんは初海の制服の裾をぐいっと引っ張った。

「中に入んなさい」

「え」

自分に……用事があるような、お客？

どういう用事の相手だろう、見当もつかない。

もしかしてまた施設に戻らなくてはいけなくて、そういう手続きの誰か、だろうか。

不安を覚えながら初海がリビングに入ると、そこにはこの家の主である「おじさん」と、もう一人の見知らぬ男がいた。

グレーのスーツを着た、白髪交じりの初老の男だ。

「こちらがそうですか」

初海に向けた視線と声音(こわね)は、ひんやりとした事務的なもの。

どうすればいいのかと戸惑いながら立っている初海を、男は観察するように眺めた。

この人に、自分はどう見えているのだろう、と初海は不安になった。

寸法の合わなくなりかけている、すり切れた学生服はどうしようもない。

顔も知らない両親のどちらに似たのかわからない茶色がかった癖毛。

決して女性的ではないけれどいちいち線の細い顔立ち。

よく見れば、切れ長の二重で長い睫毛(まつげ)にふちどられた目や、細く通った鼻筋は品のいいものだし、口元は引き締まって大人びて控えめな意志の強さを表している。

だが全体的に、整ってはいるけれど影が薄い感じだ。

何より、年齢にふさわしいはつらつとした印象がないのは、どうしても顔に浮かんでしまう不安げな表情のせいだ。

男はそんなものをざっと見て取ったようで、

「なるほど、あなたが谷田部(やたべ)初海さんですね？」

わかりきったことを確認する口調で、初海に直接尋ねた。

「はい、そうです」

初海が頷(うなず)くと、男はさらに質問を重ねてくる。

「学校を転校できない理由は何かありますか？」

「え、あの」

唐突な質問に、初海は素早く考えを巡らせる。

やはり、また別な家に行くのだろうか。この男が、新しい「保護者」になるのだろうか。

それにしては不自然な敬語だ。

「転校できない理由は……特にありません」

今の高校は、距離の近さと、補助でまかなえる授業料以外にかかる費用が、少なくてすみそうだという理由から選んだもの。

週三日のバイトがない日は買い物があり、部活もできるような状況ではないし、放課後に「遊ぶ」という時間を持てない初海には、特に親しい友人もいない。

それはこれまでの短い人生で、いつでも「ここは仮の場所」と思うしかなかった初海が身につけてきた一種の処世術の結果でもある。

「荷物は多いですか？　車一台に積める程度なら、荷造りをしてください」

男は事務的に言った。ではやはり、自分はこの家を出るのだ。

それにしても、今日、今、すぐというのは突然だし、行く先についてもなんの情報もない。

「あの、僕はこれからどこに……」

「お前の母親の遠縁らしい。身元の確かな人だ。それだけわかっていればいいだろう」

この家の主がそっけなく言う。

「荷物をまとめてこい」

「……はい」

何かを言っても無駄だという雰囲気を感じ取り、初海は頷くと廊下に出た。

少なくとも小学生の頃まではまだ、次の家に行く前に面接があり、ある程度家族構成などの情報も知らされていた気がするけれど、中学くらいからはそれもおざなりになっている。

それにしても今回は突然すぎると思うけれど、どうせ初海の意思など関係ないのだ。

大人たちの間で、なんらかの事情があり、情報交換があり、了解事項が成立すれば、初海の身柄が別な場所に移るだけのこと。

それでも……

二階に上がってすぐのところにある三畳ほどの納戸には、二年の間に愛着も湧いていた。

初海にとってははじめての「個室」でもあった場所なのだ。

勉強机代わりの棚、きちんと畳んで床に置いてある布団。

上の方にある小さな窓からは、雲一つない初夏の空が見えている。

鞄に詰めるべきものは衣類や教科書類など。

バイト代は食費としてほとんど渡していたけれど、ちょっとした端数は手元に残って、それで買った中古の本などもある。

くたびれた制服を私服に着替え、荷造りはあっという間にすみ、初海は視線でさっと部屋に別れを告げると、鞄を持って階段を下りた。

するとリビングから、男の声が聞こえた。

「それでは、これが二年間の養育費その他ということで、お受け取りください」

「まあ……まあ」

笑いを含んだ「おばさん」の声。

どうやらお金を……それも、おばさんの笑いからすると少なからぬ金額を渡しているらしいと悟って、初海は驚いた。

初海には両親が残したらしいお金がわずかばかりあって、これまで初海の「保護者」となる家庭には、その中から一定額が渡されていたと聞く。

それでも「はした金」と言われ、そのお金も尽きた中学以降は、バイトしてそれを「家」に入れていた。

この家でもそうだった。

新しく行く家の人は、どうしてお金を払ったりしているのだろう？

「初海、まだなのか」

主が廊下に出てきて、突っ立っている初海を見つけて眉を寄せた。

「また黙ってそんなところに。本当にお前は面白みのない子どもだったな」

空気のようであれ。

それは初海が「目立つよりはまし」と自分に言い聞かせてきたことで、この家に残す印象が「面白みのない」ならば「かわいげのない厄介者」よりはわずかにましというものだ。

「準備はよろしいですか」

男がリビングから出てきた。

「それでは行きましょう」

「靴……勝手口なんです」

「それでは外の車でお待ちしています」

男は靴を履いて玄関から出ていき、初海は勝手口に脱いだ自分の靴を履く。

この家に来て玄関を使ったことはどれくらいあっただろう……とぼんやり思いながら、初海は表に回った。

この家の住人は外に見送りにも出てこない。

初海も、後部座席に乗せられ車が動き出しても、振り返ることはしなかった。


「うわ……」

車を降りたとき、初海の口からはただ驚きの声しか出てこなかった。

豪邸、というのだろうか。すでに車が立派な門をくぐったときから気圧(けお)されていたのだが、木々の間を通って車が止まったのは、立派な日本家屋の、屋根のある大きな車寄せだったのだ。

何階建ての家だろうか、と思う間もなく男は自分で玄関の大きく重そうな扉を開けて中に入っていく。

これまで住んでいた納戸の何倍もありそうな玄関は無人で、靴のまま上がってダークブラウンの壁に囲まれた長い廊下を歩き、やがて扉を開けて一つの部屋に入る。

そこは広々とした、天井と窓の高い部屋だった。

三組ほど、余裕を持って配された花模様の布張りのソファや、木製のテーブル類がなんとなくアンティークな雰囲気を醸し出している。

外側は日本家屋に見えたけれど、それをクラシックな洋風にアレンジし、明治大正の洋館ふうにして住んでいる、という感じだろうか。

とにかく、これまで行ったどの家よりも立派な家だということは確かだ。

ただし……人の気配がない。

「お座りください」

車の中でひとことも喋(しゃべ)らなかった男がようやくそう口を開く。

おそるおそる腰を下ろしたソファに、深く身体が沈み込む。

「……何もお尋ねになりませんでしたね」

男は相変わらず事務的な口調で、それでもわずかに訝(いぶか)しげに尋ねた。

「必要なことは教えていただけると思ったので」

初海は用心深く答えた。

「……なるほど」

男はそう言うと、自分も初海の向かいに腰を下ろした。

「それでは必要なことを。この家が、あなたがこれから暮らす家です。高校は、こちらで用意したところに転校していただきます。進学のことを考えると今の高校では選択肢が少ないと思うので」

「進学⁉」

思わず初海は声をあげた。

「進学……大学に行かせて貰えるんですか⁉」

「成績は悪くないと聞きました。希望の大学や学部などがあるようでしたら新しい高校の進路指導で伝えてください。費用などの心配は一切必要ありません」

大学に行ける！

これまで成績は確かにいい方だったし、知識欲もあって勉強は嫌いではなかったけれど、自分の立場では夢物語だと思っていた大学に行かせて貰える！

今度の保護者はなんて親切な人なのだろう。

「嬉しいです。あの……お礼を言いたいです。今度の保護者の方には、いつご挨拶できますか？」

勢い込んだ初海の言葉に返ってきたのは、そっけない言葉だった。

「当主は社会的地位もあり多忙で、あなたと感情的に馴れ合う必要はないとのお考えです。私が代理人としてあなたの気持ちはお伝えしておきます」

「え……」

初海は戸惑った。

感情的に馴れ合う……そんなつもりではなかったけれど、とにかく保護者は初海に会うつもりも話すつもりもない。そんな考えは迷惑、ということなのか。

「じゃあ……この家には……」

「ここは当主所有の屋敷ですが、現在は使っておりませんので、あなたが住めるように手配しました。家政婦と運転手が別棟に住み込んでおります。もし何か家政婦ではすまない相談ごとなどがありましたら、私にメールでお知らせください」

そう言って男は名刺をテーブルの上に置き、初海の方に辷らせた。

ようやく初海は、長谷川という男の名前と、男が弁護士であることを知ったが、他に書いてあるのは携帯の電話番号とメールアドレスだけ。

「それでは、あとは家政婦が家の中を案内すると思いますので、私はこれで」

長谷川はそう言って立ち上がる。

「ま、待ってください」

初海も慌てて立ち上がった。

たったこれだけの説明で去ってしまうつもりなのだろうか。

「まだ知りたいことが……今度の——人の、名前とか……僕の母の遠縁って伺いましたけど、どういう関係なのか……」

「そういうことも、お知らせする必要はないと言われております。学校関係などは、私の名前を後見人代理として届けてありますので、そのつもりでいてください」

長谷川はそう言って部屋を出て行きかけ、それからふと振り向く。

「当主の望みは、常識的な範囲内での金銭的な負担を除いて、あなたが迷惑をかけないことだけです。あの方は義務を果たそうとなさっているだけですので」

そう言って、今度こそきびすを返して出て行ってしまう。

初海は呆然と取り残された。

名前すら教えて貰えない。義務を果たすだけで、迷惑をかけなければいい、というその人は……望んで初海を引き受けたのではないのだ。

もちろん、これまでの家もそうだったから今さら家庭的な温もりとか、温かな人間関係などを期待していたわけではないけれど、目の前に氷の壁が立ちはだかっているかのようだ。

それでも、感謝しなくては。

初海はなんとか心を立て直そうとした。

そうだ、とにかく今度の人は、初海を進学させてくれる。だとしたら、とにかく頑張って勉強をして、なるべく学費のかからない、少しでもいい大学に進学して、ちゃんと就職することだ。それが恩返しになるんだ。

「初海さんですか？」

ふいに横手の扉が開いて名前を呼ばれ、初海ははっとしてそちらを振り返った。

真っ白なエプロンをした、ふくよかな中年の女性が部屋に入ってくる。

「はじめまして、私、家政婦の染谷と申します。これまで無人のお屋敷の管理ということでこちらに住み込んでいたのですけど、誰もお住まいにならないというのはもったいないと思っていましたのでね、あなたがいらしてくださってようございました」

いかにも話し好きの中年女性という感じだ。

この人がいてくれるなら、住み心地は悪くないだろうという希望が湧く。

「あ、谷田部初海です、お世話になります、よろしくお願いします」

初海がぺこんと頭を下げると、染谷はにこにこして頷いた。

「私は日常のお世話のほかは何もわかりませんけどね、お食事のお世話や掃除洗濯などはお任せいただいてよろしいですからね」

その言葉に、初海ははっとした。

染谷は確かに人好きのする感じではあるが「何もわからない」という言葉で、初海の新しい保護者に関する情報などは話さないと、やんわり釘を刺されたのだという感じがする。

「ではお部屋にご案内しましょうか。お荷物は？　これだけ？」

染谷が、ソファの傍らに置いていた鞄を持とうとしたので、初海は慌てて自分で持ち手を摑んだ。

「自分で持ちます」

「そうですか？　では」

染谷は先に立って部屋を出ると、玄関ホールを横切り、絨毯の敷かれた階段を上がって、左右に延びた廊下のすぐ目の前にある部屋の扉を開ける。

そこはやはり天井の高いクラシカルな趣の部屋だった。

厚地の絨毯、どっしりとした刺繡のカーテンは重々しいが、白と青を基調にした新しそうな壁紙が、部屋に若々しく明るい雰囲気を与えている。

窓際に勉強机とパソコンデスクが並んでいて、壁際には半分ほど本の入った大きな本棚がある。

「あちらの扉が寝室で、クローゼットもそちらに。その奥にお手洗いと浴室があります」

染谷の案内に、初海は軽いめまいを覚えた。

もちろん家そのものが豪邸ではあるけれど、まさか自分が、こんな立派な続き部屋を使わせて貰えるとは。

「このお部屋にあるものはすべて初海さんがお使いになるようにとのことです。パソコンとか、ええと、スマホですか？　私は機械のことは存じませんので、使い方がおわかりにならなければ専門の人を呼ぶということですよ」

染谷が説明する。

「それから、それを初海さんの当座のお小遣いとしてお渡しするようにとのことで」

机の上に置かれていた白い封筒に、染谷は手を触れずにただ指し示す。

「足りなければ私におっしゃってください。長谷川さんにお伝えします。それから、お洋服のサイズなどがわかりませんでしたので、少しだけ適当にご用意してありますけれど、足りませんでしょうから、ご自分でお好きなものを買いに行かれるようでしたら、それは別な経費になりますので、追加を……」

初海は慌てて首を振った。

「いえ、そんな……普段着は少しですけど、ありますし……」

すると染谷は困ったように、初海の服装に目をやる。

「失礼ながら、今お召しのようなもので、この家でお過ごしになるのは、私どもとしましてもちょっと」

初海ははっとした。

くたびれたシャツは、自分で何度もボタンを付け直したものだし、その上に着ているコットンのベストはあちこち伸びてしまっている。

自分の服装は……この家にふさわしくないと言われているのだ。

でも、だから好きな服を買ってこいと言われても、どれだけのお金を使ってどんなものを買ったらいいのか見当もつかない。

初海の困惑を見て取ってか、染谷が助け船を出してくれた。

「特にお好みのお店などがないようでしたら、サイズさえわかれば私が適当に揃えてよろしいでしょうか?」

「あ、はい、お願いします」

「それでは……あとは、私はお食事の準備に下がらせていただきますのでね、とりあえずはゆっくりお部屋をご覧ください。三十分ほどでお呼び致します」

染谷はそう言って部屋を出て行ってしまう。

初海は思わず、ふうっとため息をついた。

なんだか、どこかのホテルか、お金持ちの別荘にお客に来たような感じだ。

染谷も親切ではあるけれど、どこか隔てのある立場を守っているように思える。

本当に自分はこれからここで暮らすのだろうか。

実感が湧かない。

そういえば、と思って「小遣い」と言われた封筒の封を開けると、一万円札が重なっているのが見え、初海はぎょっとして封を閉じた。

当座の小遣い。

千円札ならまだわかるが、この一万円札の束を、どれくらいの期間の小遣いとしてくれたのか。

使えない。

衣食住を与えてくれ、学校に行かせてくれ、大学まで行かせてくれるだけでもじゅうぶんなのに、こんな小遣いまで、とても貰えない。

というよりも……これは本当に「くれる」つもりのものなのだろうか、という疑問が初海の胸に浮かんだ。

これまでの家でも、両親が残したものが少しずつ経費として支払われていて、それでも足りないと言われ続けていた。

だから、そのお金が尽きて、バイトできる年齢になったら、すぐバイトをはじめそれをその家に入れていた。

今度の保護者だって、初海を引き取り、こんな家に住まわせてくれて、大学まで行かせてくれて……長谷川はそれを「義務を果たそうとしている」と言ったけれど、だからといって無条件にその「厚意」に甘えていいはずがない。

かかったお金は、少しずつでもいずれちゃんと返さなくては。

自分の小遣いくらいは自分で稼ぎ、大学にかかる費用だって少しでも自分で出せるようにしなくては。

自分の立場がこれまでと変わったわけではなく、遠縁の「厚意」にすがっている未成年であることに変わりはないのだから。

初海は、今やっているバイトのことを考えた。

バイト先にはまだ何も言っていない。何しろ今日言われて今日この新しい家に移ってきたのだから。

これが遠いところに引っ越したのなら続けられないけれど、同じ都内だから、大丈夫だろう。

小遣いの封筒はそのまま机の引き出しの中に入れ、机の上を見回すと、染谷が言ったとおり、ノートパソコンの横に最新型のスマホが置いてあり、ワープロ打ちの説明書が置いてあった。

初期設定は済ませてあり、メールアドレスも取得済みと書いてある。

パスワードなど、自分で設定し直す方法なども。

部屋を見て回ると、本棚には勉強に必要な辞書の類いと、初海が学校の図書館から借りだしていて途中だった文学全集なども揃っている。

寝室に行くと、クローゼットにはおおざっぱにMサイズで取り合えず揃えてくれたのであろう、シャツやパンツ類、下着やパジャマまである。

浴室には清潔なタオル類が一揃い置かれている。

これを自分のために揃えてくれたのは、新しい、名前もわからない保護者なのだ。

もちろん実際にものを見繕ったり買い物をしたりしたのは長谷川とか染谷なのだろうけれど、指示をしたのは保護者のはずだ。

ただの義務感だけで、こんなに至れり尽くせりになるものだろうか？

わずかでも、自分が面倒を見ることになった遠縁の子どもに対する厚意のようなものが存在しなくては、ここまで細やかに揃えてくれることはできないのではないだろうか？

保護者はどんな人なのだろう。

社会的地位もあり多忙だ、と長谷川は言った。この立派な屋敷から想像するに、大きな会社の重役とか、もしかして政治家みたいな感じかもしれない。初海のために割く時間はないけれど、遠縁の子どもが困っているのなら自立まで責任を持つという義務感を持った人。

いかめしい、にこりともしない老人の顔が頭に浮かぶ。

それでも……自分にとっては、大学まで行かせてくれる恩人だ。

「……ありがとうございます」

初海は思わず声に出して、どちらの方向にいるかわからない人に向かって頭を下げた。

いつかちゃんと、すべてに恩返しできるようにならなくては。

できればちゃんと会って、お礼を言えれば嬉しい、と初海は思った。


新しい生活がはじまった。

夕食は広い食堂で一人で摂り、それがこれからの習慣になるらしかった。

染谷は食事の好みを尋いてくれ、そして初海が片付けを手伝おうとすると「とんでもない」と固辞した。

「私の仕事を取り上げないでください」と真面目に言われてしまうと、これがここのやり方なのだと思うしかなく、申し訳ないけれど従うしかない。

夜には制服の寸法を測りにどこかの店の人がやってきて、翌朝には一揃いの制服がちゃんと届けられていた。

グレーのブレザーの制服や、学校指定の鞄を見ると、これまで行っていた公立高校とはどうやらかなり違うらしいということはわかる。

たっぷりのおいしい朝食を食べて、車で学校に向かう。

住み込みの運転手というのは大崎という名前の、庭師なども兼ねているらしい無口な男だった。

「四時に校門前にお迎えに参ります」

学校の前で初海を降ろして大崎がそう言ったので、初海はおそるおそる尋ねた。

「車で……通学しなくてはいけないんでしょうか。ここなら僕、電車で通えると思うんですが」

「長谷川さんに尋いてみてください」

大崎はそれだけ言って、車を発進させてしまう。

駅の反対側は高級住宅街として知られている静かな環境にある、都内としては驚くほど広大で緑豊かな敷地に建つ、私立の男子校。

確か、都内でも有名なお坊ちゃん校で、まさか自分がここに通うようになるとは思わなかった学校だ。

見回すと、駅から歩いてきたらしい生徒たちもいれば、初海と同じように正門前で車を降りる生徒もいる。どれもこれも高級車だ。

校門のところに一人の教師が立っていて「編入生の谷田部くん？」と尋ねてくれたので、初海はほっとした。

転校初日、保護者がついてこなくても大丈夫なように、すべて手続きは済んでいるらしい。校風や校則の説明を受け、担任に引き合わされ、教室へ行き、自己紹介をして、示された席に座る。

これまであちこちの遠縁を渡り歩き、何度も転校してきた初海にとっては、細部は違うとはいえ馴染(なじ)みのある段取りだ。

ただ違うのは……これで転校は最後だろう、卒業するまでここに通うことになるのだろうという想像だけだ。

今度の保護者が大学まで行かせてくれるつもりなのだから、当然そうなる。

「や」

ホームルームが続く中、隣の席に座った生徒が小声で話しかけてきた。

「変な時期の編入だけど、訳ありのたぐい？」

「え……訳ありって……？」

「親の離婚再婚とか、海外から戻ってきたとか、後見人が変わったとか、あるじゃん」

あるじゃん……あるのか。

確かに普通は高校なんてそう簡単に転校できるものではないけれど、この学校に編入してくる生徒には、そういう理由が多いということだろうか？

そして驚くことに、初海の理由もちゃんとその中に入っている。

「最後の、だと思う」

「後見人が変わったのかあ。ありがちだよね」

ありがちなのか、と初海はまた驚いたが、そのとき担任が午後の行事の注意事項のようなことを話し始め、相手が黙って前を向いたので、初海もそれにならった。

「俺、宮間(みやま)」

隣の席の生徒は、休み時間に改めて話しかけてきた。

気さくでおしゃべり好きな雰囲気だ。少なくとも編入初日から孤立することだけは避けられそうだと、初海は少しほっとする。

「もしかして谷田部って、今まで公立にいた？」

宮間の問いかけに、そんなことがわかるのだろうかと思いながら初海は頷いた。

「やっぱ、そんな感じ。それに持ち物全部新品で、持ち慣れてない感じだし。もしかして俺と環境似てるかも」

「そう……？」

「うん。親が死んでさ、金持ちの親戚に引き取られて、高一の二学期にここに来た」

確かに、おおざっぱに言えば似ている。

「学年に何人かはいるよ、そういうの。あとは全部、生まれたときからぼんぼん育ちの連中だけど、まあ、お金の使いどころさえ極端に違わなきゃ、すぐ馴染むよ」

極端に違うというのはどの程度のことなのか、初海には見当もつかない。

それでも、親がいなくなって親戚に……というような育ちの子どもが、世の中には意外にいるのだと驚く。

もちろん施設にいたときには、周りには親が亡くなる、もしくは育てられる環境ではない、という子どもたちがたくさんいた。

でもその中に、お金持ちに引き取られてこんなお坊ちゃん私立に来る子が何人いるだろう。

「ま、学校は気楽でいいよね」

宮間はのんびりとした口調で言って教室を見渡した。

「……家では、気楽じゃないの？」

思わず初海が尋ねると、宮間は肩をすくめる。

「やっぱさ、自分ちじゃないっていうか。子どもがほしかったけどできなかった夫婦でさ、ちょっと構われすぎって言うか……俺のこと、小学校高学年くらいのつもりで構いたがるんだよね。ほんとの子どもだったとしたって、いい加減親と遊園地だの動物園だの行きたがる年じゃないのにさ」

うっとうしそうな宮間の言葉が、初海の胸に引っかかった。

宮間は、子どもがほしいと望んだ夫婦が、実の子のように可愛がりたいという気持ちから引き取った子どもなのだ。

もちろん十七、八になった男子高校生が、子ども扱いされてうっとうしいと思うのは本音だろうけれど、それを「構われすぎ」と軽く言ってしまえるのは、初海のこれまでの境遇からは考えられないものだ。

「何、親とどこ行くって？」

近くにいた別な生徒が話しかけてきた。

「夏休みの話？　俺んち、今年は国内だよ。一ヶ月も北海道にいたって退屈なだけなのにさあ」

「あ、お前んとこで新しいホテル建てたんだっけ？」

「うちなんて代わり映えのしないヨーロッパ」

「それならいいよ、南米とか、うちの親何考えてんだろ」

周囲で始まった会話に、初海はくらくらした。

世界が違う。

たぶんこの学校の生徒たちとは、これまでも、そしてこれからも、初海の生活との共通点はあまりないだろう。

馴染めないような気がするし、馴染まなくてはいけないとも思わない。

むしろ自分は分をわきまえて、こういう恵まれたお坊ちゃんたちとうっかり同じ価値観を持ったりしないように気を引き締めていなくてはいけない。

「谷田部は、夏休みって決まってるの？」

一人の生徒が、ほんのついでという感じで初海に問いかけてきたけれど、

「……まだ、わからないんだ」

初海は言葉少なに、そう言うに止めた。

『夏休みの件』

長谷川からそんなメールが届いたのは、その夜のことだった。

『夏休みをどう過ごすか考えてください。こちらから提示できる候補としては、軽井沢、日光、伊豆高原の別荘のうちどれかです。または、海外にホームステイの希望などがあれば対応します』

そっけないそれだけの文面だったが、初海にとっては返答に困る問いだった。

海外のリゾートと言われないだけまだしもだけれど、それでもホームステイだの、国内の有名避暑地だのと言われても、困る。

あまりにも分不相応としか思えない。

そして……保護者に余計なお金を使わせる心苦しさもある。

保護者が大金持ちでそんなことは気にかけないにしても、初海としてはやはり、無用な出費をさせたいとは思えないのだ。

『いろいろありがたいと思いますが、東京で普通に過ごしたいです』

さんざん考えた末に、ようやくそう返信する。

大学受験をするつもりなのだから、勉強をしなくては。予備校などと贅沢は言わない、ただ参考書類だけは買わなくてはいけないけれど、それはバイト代から出すつもりだ。

長谷川から、返信がなかったのを、初海は了承と受け取った。

「ああ、もう大丈夫なの？」

結局半月後にバイトに復帰した初海を、店長はそう言って迎えた。

繁華街とビジネス街の狭間にある、夜はパブになる小さなカフェだ。

前の家ではバイト代を入れるよう言われていたけれど、買い物などの用事もあってバイトに使える時間はそれほどはなかった。

最近はコンビニなどもフルタイムでないと働かせてくれず、平日は週三日夕方から、それと週末だけと融通がきき、時給もそこそこいいというのは本当に魅力だ。

そんな条件なら大学生などの応募が殺到してもおかしくないのにどうして自分を採用してくれたのかと思ったら、店長は「選考は面倒だから、五番目の応募者にしようと決めてたらきみだった」と真面目な顔で言った。良くも悪くも、そういうちょっと「変わった」店長の人柄が、この店の特徴でもある。

店長はもともとアンティークショップをやりたかったという世捨て人ふうの男で、豆にこだわり器にこだわったコーヒーを出し、夜は夜で世界中の少し変わった酒や不思議なつまみを、やはりこだわった器で出している。

つまり、ある意味客を選ぶ店であり、常連が多くて初海にとっては働きやすい店だ。

最初は食器を洗ったり掃除をしたりというのが主な仕事だったけれど、真面目でミスをしなくて物覚えがいいというのを見て取ってからは、店長は接客もある程度任せるようになっている。

客が途切れたところで、店長が初海に尋ねた。

「ええとそれで、来られる時間が変わるんだっけ？　引っ越したんだよね？」

もともと初海が親戚の家に厄介になっていて、今回別な親戚の家に行くことになった、ということだけは話してある。

「はい、でもそんなに遠くなったわけじゃないので……入りが三十分遅れるようになると思うんですけど、大丈夫でしょうか」

「曜日は同じでいいのかな？　だったら大丈夫。あと週末はどう？」

「週末も、今まで通りでお願いします」

初海はそう答えた。

店は十時まで、それから帰っても、夜、勉強の時間はちゃんと取れる。

家政婦の染谷はどうやら初海の生活を管理する立場ではないらしく、帰宅時間はあらかじめ告げておけば特に何も言わないようだ。

夕食はまかないがあるから、初海のために食事を作る手間もかけさせずにすむ。

初海としても、広い食堂で一人で食事するより気が楽だ。

「たださ」

店長がちょっと真面目な顔になった。

「夏休みのことでちょっと言わなくちゃいけないんだけど、八月と九月……」

言葉の途中で店の扉が開いて、扉につけた小さな鈴が控えめに鳴った。

はっとして店長が言いかけた言葉を止め、

「いらっしゃいませ」

穏やかな声で言うと同時に、初海も扉の方に目を向けると——

一人の男が店に入ってきた。

年の頃は三十過ぎぐらいだろうか。

百八十センチは軽く超えていそうな長身を少しかがめて店の中に入ってきた男は、ゆっくりと店の中を見渡す。

手足が長く、三つ揃いの少しクラシカルな感じのスーツがよく似合っていて、上着のボタンをはずして前を開けた感じや、少しルーズな横分けにした髪が、営業の途中で飛び込んできた勤め人というよりは、態度にも時間にも余裕のある何かしらの地位のある男、という雰囲気だ。

少し面長の顔は、黒く直線的な眉やかたちのいい高い鼻、引き締まった薄い唇など、男らしく端正な印象。

ぱっと人目を引く華やかな男らしさと、どこか近寄りがたい厳しい雰囲気が共存している、一目見たら忘れられないような印象の強い人物だ。

「い……いらっしゃいませ」

ほんの一瞬、自分がその男に見とれてしまっていたことに気付き、初海は慌てて声を出した。

「お好きなお席にどうぞ」

男は初海を見て、軽く頷き、迷いなく奥から二番目の、二人がけの席に腰を下ろす。

ということは、はじめての客ではないようだが、初海には見覚えがない。

店長を見ると、わざわざ声をかけるほどの常連ではないのか、無言でグラスを磨きにかかっている。

初海は、客の男が席に落ち着く一呼吸を見計らってから、水を入れたグラスをトレイに載せて男の席に行った。

男は高級そうな革の鞄から、一冊の本を取り出して広げているところだった。

こういう店でも、最近はスマホやタブレットを取り出す客が多く、この男のように紙の本……しかもハードカバーのものを読む人は珍しい。

本をテーブルの手前に置くだろうと予測し、初海はグラスをあまり男の手前に寄せすぎないように置いた。

「いらっしゃいませ」

そう言いながら男の様子を見ると、小さなメニューカードに目をやる様子もなく、「ブレンドを」と告げる。

「かしこまりました」

初海はカウンターの中の店長に向かって「ブレンドお願いします」と声をかけてから、男の背後のブラインドを少しだけ調節した。

昼間は日差しが入るので閉じてあるけれど、夕方のこの時間だと本を読むには店内が暗いので、外の光が少しだけこの席のあたりに入るようにする。

そういう……一人一人の客に「居心地のよさ」を作り出すちょっとしたことが初海は好きだ。店長に言われたわけではなく自発的にやっていることで、店長が何も言わないということは悪いことではないと思ってくれているのだろう。

しかしそれも、あくまでも客本人には気付かれないように、さりげなく。

それには初海がこれまで身につけてきた「空気のようであれ」という挙動が意外に役立っている。

店長が淹れたブレンドをテーブルに持っていき、「お待たせ致しました」とテーブルに置き、グラスの水がまだあることを確認してカウンターに戻る。

その一連の作業の中で、初海はつい男に目が行ってしまうのを止められなかった。

男の端然とした佇まいは、これまで見たことのない種類のものだ。

悠然と寛いでいるように見え、それでいてだらしなさや隙のようなものはみじんも感じさせず、常に人の目があることをどこかで意識しつつもそれをごく自然に受け流しているような。

　この人はどういう人なのだろう、と思わず想像してしまう。

　経営者などの、人の上に立つ地位にある雰囲気だけれど……叩き上げのがつがつした感じはなく、そう、どこか歴史ある大企業の御曹司とか、政治家の二世三世とか、何かこう、家柄とか血筋とか育ちとかいうものと、地位が融合しているような。

「……初海くん」

　店長が小声で初海を呼んだ。

　BGMに紛れて、客の男の邪魔にはならないであろう大きさの声だ。

「はい」

「さっき言いかけたこと……夏休みなんだけど」

「はい」

　店長はちょっとすまなさそうに初海を見た。

「仕入れと、ちょっとした情報収集に、八月九月は店を休もうと思ってるのよ。その間、バイト必要なくなっちゃうんだけど」

「え……あ」

　初海は戸惑った。この店が、店長の道楽とまではいかなくてもかなりのこだわりを持った趣味の店で、新しいコーヒー豆や食べ物や小物を探すために年に一度は長めに店を閉めることはわかっている。

けれどそれが、まるまる初海の夏休みに当たってしまうとは。

休みの間はフルに店に入れてもらって、収入を得たいと思っていたのだ。

でも……仕方がない。

「わかりました」

「悪いけど夏休みはほかのバイト探しといて。十月からまた来てくれると助かる」

「わかりました」

初海は、急いで短期のバイトを探さなくてはと思った。

これまでの家のように、食費などを入れなくてはいけないわけではないけれど、それでも生活費と学費以外にかかるお金は自分で稼ぎたいと思っているから、夏休み中何もしないわけにはいかない。

そのとき、店の扉が開いて、一組の男女が入ってきた。

「いらっしゃいませ」

続いて、ビジネスマンらしい三人連れ。

個人的な感情はさっと引っ込めて、二組の客を席に案内し、水を運び、注文を取る。

すると、あの男が立ち上がるのが目に入った。

初海は、あまり客をせかす雰囲気にならないよう、客がレジの一歩手前まで来た当たりですっとレジに寄る。

「ありがとうございました」

この店では伝票は使っていない。

記憶がすべてであり、そしてこれまで幸い、間違えたことはない。

「ブレンドですね、六百七十円です」

初海がそう言うと、男は胸元から革の札入れを取り出し、千円札をトレイの上に置く。

それを受け取って初海が「三百三十円のお返しです」とお釣りを渡そうとすると……男は手を出さず、お釣りの方を見もせず、じっと初海の顔を見つめていた。

一瞬何か言いかけ、男が躊躇(ためら)ったように見える。

お釣りを間違っただろうかと思い、初海が慌てて頭の中で簡単な引き算をやり直していると、男が思いきったように低い声で尋ねた。

「きみはアルバイト?　年はいくつ?」

「え、あの、十八歳ですけど……」

何か失礼なことをしてしまっただろうか、でも怒っている様子ではないけれど、と初海が戸惑いながら答えると。

「失礼ながら、店長との会話が聞こえてしまった。夏休みの間できるバイトを探しているのかな?」

「え、あ、はい」

驚いて初海が頷くと、男は初海をじっと見つめたまま続けた。

「私は夏の間、短期でアルバイトをしてくれる人を探している。日程が合うようならきみに頼めないだろうか」

初海は驚いて男を見つめ返した。

初対面の、ろくに話もしていない自分に、アルバイトを頼みたいだなんて……どういう理由だろう？　そもそもこの人はどんな人で、どういう内容のアルバイトなのだろう？

男ははっと気付いたように上着の内ポケットを探った。

「申し訳ない、いきなり不審すぎる話だった。私はこういう者だ」

差し出された名刺には、横文字の難しい会社名と「代表取締役社長　高辻勝馬（たかつじかつま）」という名前、そして住所や電話番号、ホームページアドレスなど。

やっぱり、社長さんなんだ、と初海は思った。横文字の社名といい、なんとなく初海が勝手に想像したイメージと合っている。

しかし次の瞬間、男……高辻の目にはっとしたような軽い動揺が走った。

「すまない、その名刺だけでは何もわからないな。これではナンパか不審者だ。ええと、どうすればいいだろう」

どうすればいいのか……初海にもよくわからない。

ナンパだとか不審者だとは思わない。自分の第一印象が合っているのなら、この人は能力があって地位も品位も備えた人で、おかしな人間ではないと思う。

初海が戸惑っているのはむしろ、そんな人がどうして自分に、という思いからだ。

「どうした？」

店長が二人の様子に気付いてレジに来た。

「ああ、申し訳ない」

高辻がマスターに向き直る。

「彼が、夏休みのバイトを探していると聞こえたものだから、つい。だが不審者の誘いのようになってしまった。接客している彼の雰囲気が、大変好ましいと思えたものだから。ちゃんとお願いするにはどうしたらいいだろうか」

「あ、そうなんだ。初海くんはどうなの？」

店長は初海を見、初海は高辻を見た。

「どんなバイトですか？」

「私の……というか、秘書室の雑用、使い走りをしてくれる短期の人を探しているんだが、なかなかぴんとくる人がいなくてね」

店長はただ成り行きを見ていて、口は挟んでこない。

初海は突然のことに驚きつつも、急いで考えを巡らせた。

少なくともこの人に、うさんくさい感じはない。ちゃんとした人だと思える。秘書室があるのならある程度の規模の会社だろうし、雑用、使い走りならできそうだ。夏休みの間だけでいいのなら、ぜひやってみたい。

ましてそれが、自分の接客の雰囲気を見て気に入った、というのが理由なら。

「そういうお話なら、お願いしたいです」

初海が答えると、高辻は驚いたように首を横に振った。

「そんなに簡単に、初対面の人間を信用してはいけない。この場でそんな返事をして、私が悪意のある人間だったらどうするつもりだ」

そう言ってから、

「ああ、こんな言い方をすると、この話を断れと言っているように聞こえるな。そうではないんだが」

困ったように額に手を当てる。

その様子を見て初海は、完璧な立ち居振る舞いに見えた高辻も、血の通った人間なのだと感じた。

「……参ったな」

途方に暮れたように呟く高辻に、店長が助け船を出した。

「心配ならまず、ホームページを見せてもらって、それから会社まで初海くんが行ってみて、大丈夫そうなら条件決めたら？」

「ああ、それはいい、そうしてくれないか」

高辻も頷いて、初海を見る。

初海はなんだか妙な気持ちになった。

普通、バイトの面接は「働かせてほしい」と思って応募し、相手から一方的に選ばれる立場だ。

それなのに高辻が初海に「働いて欲しい」と願い、初海の意思がすべてを決めるような雰囲気。

なんだか過大評価をされているようで不安だし、「求められる」ことに慣れていないから、どうして自分が、という疑問と不安がどうしてもある。

「あの……じゃあ、会社まで伺います」

初海はなんとか、自分の考えをまとめた。

「そして、面接をしてください。面接して、僕が、そちらで考えていた人間と違うと思ったら、ちゃんとそう言ってください」

面接に、高辻の方にも「選ぶ権利」を付随させたのだと理解して、高辻はわずかに目を見開いた。

「なるほど……」

つくづくと改めて初海を見つめてから、高辻はふっと微笑(ほほえ)んだ。

整った顔立ちを、驚くほどやわらかく見せる笑みだ。

「では、連絡をくれ。待っている。時間を取らせて申し訳ない」

そう言って高辻はふと自分の腕時計を見て、

「すまない、急いで社に戻らないと」

そう言って早足で店を出て行き……ドアを閉めたところで、縁石に軽く躓(つまず)いたのが見えた。

初海は思わず口元が綻(ほころ)ぶのを感じた。

完璧な、落ち着いた大人に見えたけれど、意外にそそっかしいところもある人なのかもしれない。

けれど次の瞬間、渡そうと思ったお釣りを自分が握ったままだったことに気付いた。

「あ、お釣り……」

高辻がそそっかしいとしたら、自分は自分でかなりのぼんやりだ。

「面接のときにでも持ってけば?」

店長が苦笑する。

そのとき店の扉が開いて新たな客が入ってきて、二人は会話を切り上げた。

高辻の会社は、映像や音響用の機器などの、輸入販売をしている会社だった。

ネットで調べてみた限りでは、一般にはあまり認知されることはないけれど、業界での信用は高そうだ。

社長の高辻も若手経営者として知られている人物らしく、業界紙のインタビューなどもネットで見ることができて、身元に間違いはなさそうだと納得できる。

改めて初海から電話を入れ、バイト先の店からそう遠くない複合ビルのオフィス階にある会社に足を運ぶと、最上階のワンフロアがまるまる高辻の会社であり、受付を通って秘書室に通されると、高辻ではない一人の男が初海を迎えた。

白髪交じりの痩(や)せた中年の男だ。

「谷田部初海さんですね、どうぞこちらへ」

機能的なオフィスのメタリックでモダンなソファセットを示される。

アポイントを取ったのに、出迎えたのが高辻でないことに戸惑う初海に、男は名刺を差し出した。

「私は秘書室長の増永(ますなが)です。あなたに働いていただくとなると、私が直接の上司になりますので、私と話した方がよいという社長の判断です」

向かい合って座ると、増永はきびきびした口調で話し始めた。

「秘書室は通常三名ですが、一人が家庭の事情で二ヶ月抜けます。その間二人で回すには少し手が足りないので、補助的な仕事をしてくれる人が必要だと社長が判断しました。募集はかけていたのですが、社長の好みが難しいのです」

増永の口調は事務的だが冷たくはなくて、「仕事ができる」という雰囲気だ。

高辻がこういう人に支えられていて、なおかつ「好みが難しい」のだとすると、自分に務まるだろうかと初海は不安になる。

「どういう仕事内容なんでしょうか。僕にできるようなことでしょうか」

「できる範囲のことをお願いしたいと思っています」

増永はてきぱき答える。

「もちろん専門の秘書業務を求めてはいません。それは私ともう一名で回します。あなたにお願いしたいのは、常に社長の傍についていていただくことです。外に出ているとき私からの電話を受けるとか、社用車を使うときに運転手と連絡を取るとか、タクシー移動の場合その手配をするとか、外出先から社に必要なものを取りに戻るなどの用事をするとか、たまにふらりとカフェに行くような場合に行き先を把握しておくとか」

つまり……「付き人」のようなものだろうか、と初海は考えた。

それなら専門の知識よりも必要なのは「気遣い」「気働き」といったものだ。

「それから社長の食事の手配。会食が入っていない場合の昼と夜、デリバリーや外食の手配をして、できれば一緒に食事をしていただきたい」

「え」

高辻と一緒に食事、という言葉に初海が戸惑うと、増永が苦笑した。

「実はこれが一番大切な仕事になるかと思います。放っておくと社長は、コーヒーだけで済ませるなど、食事をおろそかにするのです。だから社長がきちんと食事をするように見張ってほしい。ただ、社長と二人きりで食事をするとなると相手を選びますのでね。そういう意味で、社長があなたを一緒にいて邪魔にならない人だと判断したのなら、適任だと思います」

ああ、そういうことか、と初海ははじめて納得した。

邪魔にならない。それなら自信がある。

空気のようであることを自分に課しながら、相手が求めていることを察して言われる前に動く、言われたことを素速くやる。

まさに初海がこれまで転々とした家の中で、自分の役割として身につけてきたことだ。

「どうでしょう、引き受けていただけますか」

増永がじっと初海を見つめ、初海は頷いた。

「やらせていただきたいと思います」

「よかった」

増永はほっとした顔を見せた。

「三名いれば食事の見張りも交代でできるのですが、二人だと難しいので」

それは単なる業務としてではなく、秘書たちが高辻の身体を心配しているのだろうと……

高辻は慕われる社長なのだろうと想像がつく。

服装については、クールビズのシーズンでもあり、上が白の半袖シャツ、下が紺やグレーのズボンでいいということで、前の学校の制服が使えそうだとわかった。

驚くような時給を提示され、出退勤は貸与されるスマホのアプリで管理するなどの説明を受けた後、

「最後に、一点だけ注意点を」

増永が口調を改め、初海は思わず緊張した。

「はい」

「社長に、家庭のことなど一切質問しないように」

初海ははっとした。

家庭のことは質問しない……単にプライバシーを重んじるというよりは、何か理由のありそうな口調だ。

もしかしたら何か、複雑な家庭事情を背景として持っているのかもしれない。

もちろん初海の事情とは違うものだろうが、それでもその、品のある雰囲気から想像できる「御曹司」のようなものではないのかもしれない。

「わかりました」

初海が頷いたとき、部屋の奥にあった別室に通じる扉が開いて、高辻が姿を現した。

増永がさっと立ち上がったので、初海もそれにならう。

「話はついたか」

高辻は三つ揃いのスーツの、上着の前を開けてベストのポケットに片手の親指を無造作に引っかけており、その姿は堂々と、同時に寛いで見える。

初海は改めて、男らしい長身と整った顔立ちに加え、身に纏っている「できる男」オーラのようなものを感じ取った。

「はい。引き受けてくれるそうです」

増永の言葉に、高辻は軽く眉を上げ、それから満足げに微笑んだ。

「よかった。きみたちも助かるだろう。谷田部くん、よろしく頼む」

初海に向かって手を差し出し、初海は、これから雇い主になる相手が握手を求めてきたことに驚きながら、相手を待たせないよう瞬時に戸惑いを払いのけて自分の手を出した。

軽く握り、離れた手は、指の長い、男らしい大きな手だった。

「条件面は?」

「話しました。これから一応形式的に履歴書を出してもらって、契約書を……身元保証人の名前と連絡先だけ書いてもらえば」

初海はその増永の言葉にぎくりとした。

身元保証人。

最近のバイトはほとんどそれを求められる。カフェのバイトでは、家にバイト代を入れるという理由もあって、その家の主がしぶしぶながらサインしてくれた。

だが、今回は……どうしよう。

顔も名前も知らない保護者はもちろん無理だし、あの事務的な雰囲気の長谷川に頼めるような気もしない。

保証人がいないと、働かせて貰えないだろうか。

「あの……保証人は……」

おずおずと初海が言いかけると、

「必要ない」

高辻が短く、しかしきっぱりと言った。

「私が彼を気に入って、こちらから頼んだのだ。保証人は必要ない。緊急時の連絡先だけ聞いておいてくれ」

増永は驚いたように高辻と初海を見比べたが、すぐに頷いた。

「わかりました」

初海はほっとした。

働かせてもらえるのだ……！

初海を気に入ったから、頼んで働いてもらうのだと、その言葉がどれだけ嬉しいことか。

高辻のために、一生懸命仕事をしようと思う。

「そろそろ時間だな、出かける。谷田部くん、八月から頼む」

高辻は初海に向かって改めてそう言い、初海は頭を下げた。

「はい、よろしくお願いします」

軽く頷いて、高辻は先ほど出てきた扉の方に戻りかける。

その後ろ姿に、増永が声をかけた。

「履歴書の方は？」

「必要ない、出身地だの大学名だの、聞いても聞かなくても同じだろう」

高辻はそう言って扉の向こうに消えてしまい……

初海の心臓がばくっと跳ねた。

大学名。

高辻は初海を大学生だと思っているのだろうか？

年齢をきかれて十八歳と答えたけれど、それでそう思い込んだのだろうか。

初海の顔立ちは決して老けているたぐいではないが、高校生らしい無邪気な雰囲気はとうにどこかに置き忘れてきてしまっていて、大人びて見られるという自覚はある。そのせいかもしれない。

言うべきだろうか？

だが、もし高校生だとわかったら、このバイトをやらせて貰えるのだろうか、と初海は躊躇った。ちゃんとした会社の、雑用とはいえ秘書室の補助業務。大学生だと思ったからこその誘いだったとしたら？

ここで働きたい。

でも、嘘はつきたくないと思い、

躊躇いつつ、とうとう思い切って、

「あの」

口を開き書けたとき、秘書室の電話が鳴った。

増永が素速く取り、すぐに保留にして別室の高辻に回す。

「天空プラザの件で、音響担当の辻さんからです」

それから増永が初海を振り返り、

「じゃあ谷田部くん、今日は写真だけ撮ります。入館証を作るので」

てきぱきとした口調に、初海は——思わず言葉を呑み込んでしまっていた。

初出勤日。

午前中は高辻は社内で会議とかで、初海は秘書室と社長室で自分が手伝える範囲を確認し、近所でランチのデリバリーがある数軒の店を確認し、高辻の好みを増永に聞いて、その日のランチを決め、買いに行った。

つまり……いきなり、高辻と、社長室で二人ランチだ。

「やあ、いたね」

社長室にある小さな会議用デスクの上に食事の準備をしていると、高辻が足早に入ってきた。

薄手のジャケットの下はノーネクタイで淡いブルーのシャツを着ている、きっちり感のある涼しげな装いだ。

「十五分で食べる。そのあと、外出に同行してくれ」

「はい」

スケジュールは増永から聞いていたので、初海は頷いた。

しゃれた和洋折衷の幕の内のような弁当を高辻は無言で食べ始める。

初海も向かいに座り「いただきます」と手を合わせてから、同じものを食べ始めた。

増永が言っていたように高辻は多少の好みはあるものの「食」にはそれほど興味がないらしく、淡々と食べ、初海が淹れておいた緑茶の湯飲みに手を伸ばし、ふと何かに気付いたように眉を上げた
「……熱くないな」

「あ」

食事の時間が十五分しかないと聞いていたので、食べながら冷ましている余裕はないと思い、少し早めに淹れて冷ましておいたのだ。

「すみません、ぬるかったですか」

初海が尋ねると、高辻は首を振った。

「いや、飲みやすい温度になっていたので驚いただけだ。これはきみの考えで？」

「はい」

「なるほどな」

高辻は感心したように初海を見つめる。

「その年で、こういうことに気付く人間はあまりいない」

それだけ言って、また食べ始める。

自分が間違ったことをしたのではないこと、そして今の言葉は褒め言葉なのだとわかって、初海はほっとした。

十二分で食べ終わり、高辻が食べ終わって社長室に隣接した洗面所で口をすすいでいる間に急いで食べたものを片付ける。

それから、増永に見送られ、高辻は自分の革鞄を持ち、初海は何か資料が入っているらしいファイルを抱え、呼んであったタクシーに乗り込む。

その日はそのまま、三軒の取引先を回った。

もちろん、私的な会話などしている暇はない。

それでも初海が、高辻という男を観察するにはじゅうぶんな時間だった。

大きな会社の社長というものは、社長室にふんぞり返ってゴルフの練習でもしているようなイメージがあったけれど、そういうものではないらしい。

映像・音響機器の輸入というのはまるで知らない世界だったが、日本でまだ知られていないヨーロッパのメーカーをこまめに回り、日本での独占販売権を得て、放送局やコンサートホール、劇場、スタジオなどに売り込み、設計から施工、メンテナンスまでを請け負う、というのが業務らしい。

そして高辻は自分で、新規の売り込みにも行けば施工の計画段階にも参加し、ある程度軌道に乗ったところで部下に任せる、というやり方のようだ。

他人に仕事を任せられないワンマン経営者というわけではなく、自分のビジョンをしっかり持っていて、道筋が定まったらあとは任せて細かい口出しはしない。

そんなイメージだ。

移動も、タクシーを使ったり、電車を使ったり、場合によっては路線バスを使ったり、とにかく一番効率がいいと思う方法を選んでいる。

初海はとにかく必死でついていき、途中何度か、増永からの電話をタイミングを見計らって取り次いだり、一件終わるごとに増永に移動を報告し、また、高辻に次の移動先を告げられてちょうどいいタイミングで相手先に着く移動方法を検索したり、など思ったよりやることは多かったが、なんとかこなした。

ただ、高辻本人はなんとも感じていないらしい行動のスピード感についていくのは結構大変だ。

一度、先方の社内で小走りになりかけたとき「走るな」と一言冷静に注意されたので、同じ注意は二度と受けないようにしようと肝に銘じる。

三件目の打ち合わせが早めに終わり、あとは会社に戻るだけになったとき、高辻は腕時計を見た。

「三十分、コーヒーを飲もう。あの店がよさそうだ」

道の向かい側にあるカフェに目をやり、信号のない道路を早足で渡る。

こういうふうに、わずかに空いた時間、コーヒー休憩をするのだろう。

初海のバイト先に来ていたのも、こういう隙間時間だったのだと納得する。

店に入り、空いている席に向かい合わせに座ると高辻が初海のぶんも併せて注文してくれ、それから改めて初海を見つめた。

「疲れただろう」

正直なところ緊張し通しで少し疲れたと言えば言えるかもしれないが、気遣われるほどではない。

返事を待たず、高辻は続ける。

「よくついてきた。初日から私のペースに合わせられる人間はなかなかいない。何より、決して邪魔にならないのに、必要なときにはちゃんと視界に入る場所にいる。やはりきみは不思議な特技を持っているな」

「特技……ですか？」

思わぬ言葉に戸惑うと、

「相手が必要とするとき以外気配を消せる、とでもいうような」

高辻は真面目な顔でそんなことを言う。

初海の身につけざるを得なかった「空気のようであれ」という努力が、特技として評価されているのだとしたら、喜んでもいいのかどうか、複雑な気持ちだ。

そこへコーヒーが運ばれてきて、高辻が口を付けるのを待ってから初海もカップに手を伸ばしかけ……はっと思い出した。

慌ててポケットを探り、小さな封筒を出す。

「あのこれ、なかなか渡せなくて……この間のお釣りです」

「釣り？」

高辻はなんのことだかわからないというように眉を上げる。

「お店で……バイトの話をしたとき、社長が忘れていかれたんです」

初海が説明すると、高辻は首を傾げた。

「そうだったかな。手間をかけさせてすまなかった、きみが取っておいてくれていいよ」

「それはだめです！」

初海は慌てて、封筒を両手で持ち、高辻に差し出してきっぱりと言った。

「これはこれで、店長から預かったものなので、ちゃんとしないと」

「……わかった」

高辻は封筒を受け取り、それからつくづくと初海を見た。

「きみは……苦労して育ってきた雰囲気があるな」

初海がはっとして高辻を見ると、高辻は急いで言葉を足す。

「いや、詮索するつもりはない。ただ、苦労知らずで育ったならむしろ、これくらいの小銭は気にせず受け取ると思う。私はただ、きみのそういうところも含めて、傍にいてもらう人として好ましいと、それだけ言いたいんだ」

それはさりげない言葉だったが、初海の胸に直球で響いた。

好ましい。

ずっと遠縁の家で、邪険にされたり、そこまで行かなくても密かに疎ましがられていて、そんなふうに言って貰えるのははじめてだ。

同時に、ちくりと胸が痛みもする。

大学生だという誤解を解かないままでいることが。

けれど……もしそれを告げてバイトが続けられなくなってしまったら、という恐れが初海の中にある。夏休みのバイトを探し直さなければいけないという現実問題以上に、自分をわざわざ選び取ってくれた人の傍で働けなくなるという恐れの方が大きい。

いや。

とにかく、一生懸命仕事をすればいいだけだ。

この人に自分を雇ってよかったと思ってもらえるように。

それで許してもらうしかない。

自分になんとかそう言い聞かせ、目を伏せながら言った。

「失望させないように、頑張ります」

「そうしてくれ」

高辻はさらりと言って、コーヒーを飲み干した。


一週間ほど働くと、初海は完全に高辻のペースに馴染んだ。

食事のデリバリーや外食の食事パターンも覚えたし、業者に頼みたくないらしい社長室の掃除も進んで引き受け、外出時のイレギュラーな動きにも慌てず対応できるようになった。

高辻と増永は、初海が高辻のスピード感のある動きについていけていることに感心するが、初海にしてみれば高辻は理不尽なことで怒りもしないし、褒めるところは口に出して褒めてくれる、とても好ましい上司だ。

そして、「仕事のできる男」としての高辻を、日ごとに尊敬できるようにもなっている。

ただ、最初に注意された「家庭のことなどは尋ねない」という注意はきちんと守り、高辻も初海のプライベートなことは一切質問してこないので、そこが何か、薄膜を隔てたような距離感になっていると感じもする。

けれど初海としても、根掘り葉掘り聞かれるよりは心地いいのは確かだ。

そしてある日、初海ははじめて遠出に同行することになった。

近県の、少しへんぴな場所に新しくできるプラネタリウムの音響を手がけることになり、その打ち合わせに出向くことになったのだ。

初海は増永を手伝って、効率のいい移動方法を考えていたが、電車の便が悪いところで結局車を使うしかないという結論になった。

「私の車で行く」

高辻はそれを聞いて、あっさりと言った。

当然初海は、高辻が運転する車の助手席に乗ることになる。

実のところ、初海にとっては「車の助手席に乗る」というのははじめての経験だ。

これまでいた家で、車を持っている家は二軒あったけれど、片方は主の通勤用だったたし、もう片方は週末ドライブにも使っていたが、初海が誘われたことは一度もなかった。

そしてその朝、高辻は自分の車で出勤し、そのまま初海を乗せて走り出した。

初海は車のことはよくわからないが、落ち着いた暗めの赤の、スポーティーな感じの車で、高辻は運転が好きなのだろうという見当はつく。

少しばかり車酔いが不安だったが、高辻の運転は上手く、適度な休憩を取りながら、余計な会話をすることなく、昼には目的地についた。

適当な場所で昼食を思い出させ、高辻も、それが秘書たちの狙いでもあるのだが、初海まで一緒に「コーヒーですませる」わけにはいかないので自然と食事を摂ることになる。

取引先で三時間ほどの濃い打ち合わせを済ませると、高辻は待っていた初海に言った。

「少し、寄り道をする。悪いが付き合ってくれ。増永に『別荘の様子を見てから帰る』とメールでもしておいてくれるか」

近くの町には、初海でも名前を知っているような有名別荘地がある。

高辻はそんな場所に別荘を持っているらしい。

車で下道を小一時間ほど走ると、それらしい風景が広がってきた。

緑豊かな起伏のある場所に、低い石垣に囲まれた道が張り巡らされ、枝道の入り口にはさまざまなデザインの標識に名字が書いてあって、奥に進むとそれぞれの家があるのだと想像がつく。

道から見える家々も、広い敷地の、しゃれた家ばかりだ。

これが高級別荘地というものなのだろうか。

夏休みとあってか、自転車に乗る家族連れや、散歩する老夫婦の姿も見かける。

自分とは別世界の人たちがここには大勢いる、と初海は感じた。

そういえば新しい学校でも、海外のリゾートには行かずに国内の別荘だとぼやいていたクラスメイトはこんな場所にいるのかもしれない。

高辻はやがて、奥まった一軒の家の敷地に車を乗り入れた。

広い駐車スペースの奥に鉄製の門があり、その向こうに石造りの、大きすぎないこぢんまりした二階建ての家がある。

高辻に続いて家の中に入ると、広い石敷の玄関ポーチの先にどっしりとした一枚板の扉があり、その中は広々としたリビングだった。

煙突のついた大きなストーブが中央にあり、壁はログハウス調の丸太張りで、大きな窓からは白樺の木立が目に入る。

「やはり時々来ないと空気が籠もるな」

高辻がそう言いながら窓を開け放つと、緑の香りがする涼しい空気がさあっと通り抜けた。

この風があるのなら、真夏でも冷房はいらないだろう。

「ちょっと座っていてくれ」

という高辻の言葉に、初海が思わず
「何かお手伝いすることがあったら」

と反応すると、高辻は一瞬初海をまじまじと見つめ、それからふっと口元を綻ばせた。

「仕事は忘れてくれ。ここは私の家のひとつで、きみはこの中ではお客だ」

高辻の笑みが思いがけなく、社長と使い走りとしての二人の間にあった見えない膜のようなものを取り払ったような気がして、初海はどきっとした。

仕事のとき、初海との間に作っているかすかな隔ては、もしかしたら意識的に作り出しているものなのかもしれない。

言われたとおりに布張りの心地いいソファに座って見ていると、高辻は階段を上っていって二階の窓を開け放ったり、また下りてきて、リビングに向かって大きく間口を広げているキッチンに入っていったりしている。

冷蔵庫を開け「あ」と小さく言うのが聞こえ、リビングのほうに顔を向ける。

「賞味期限の近いハムが置きっぱなしだった。谷田部くん、ここで夕食を摂る気はないか」

「え、あ」

初海は思わず立ち上がり、キッチンに向かう。

「僕はそれでも……あの、食材があるようでしたら僕が何か作りましょうか」

渡り歩いた家々で家事を手伝わされることも多く、中学生ぐらいから基本的な調理はできるようになっている。

しかし高辻は首を振り……にっと笑って見せた。

思いもかけない、親しみやすい、どこか悪戯(いたずら)っぽい笑み。

「ここでは私が作る……と言っても、男のキャンプ料理、しかも残り物の食材整理に付き合わせるんだ、期待はしないでくれ」

「僕、キャンプ料理、という言葉と、高辻の笑みと、どちらが初海の胸を弾ませたのか。

「僕、キャンプってしたことなくて……お手伝いしたいです」

 思わず言うと、高辻は冷蔵庫から食材を取り出しながら初海を見た。

「キャンプ料理をしたことがない？　学校のキャンプでは、食事じゃなくてテント張り係だったか？」

「いえあの、学校でもキャンプって行ったことがなくて」

そう言ってしまってから、初海ははっとした。

費用がかかる、などの理由で、少しでもお金のかかる学校行事にはほとんど参加したことがない。修学旅行にも行っていないし、遠足も、小学校低学年のころにおやつなしで参加して悲しい思いをして以来、行っていない。

だがそれは初海の境遇が特殊だったからで、普通に育っていたらキャンプをしたことがあっても当然のことなのだろうか。

「そうか」

高辻は一瞬初海を見つめたけれど、表情を変えることなく作業の続きにかかった。

ハムの塊の他に、じゃがいもやかぼちゃなどの野菜、冷凍庫に海老なども入っていたし、米もあったので、二人で食事をするにはじゅうぶん過ぎるほどの量だ。

芝生の庭にバーベキューセットを出し、高辻は慣れた手つきで火をおこし、食材を並べていく。

「慣れているんですね。よくここで、バーベキューをするんですか?」

思わず尋ねてしまってから、初海はしまったと思った。

踏み込んではいけないプライベートに関わる質問をしてしまったかもしれない。

だが高辻は気にした様子もなく、首を振る。

「そうでもない。これは、五月の連休に、仕事関係の相手とたまたまこの別荘地でかち合ってしまったので招待したときのものだ。普段週末にふらりと一人で来るときは、外食するか、何か買ってくるか、いっそ食べないかだな。これはもう食べられるぞ」

食器棚から持ち出してきたきれいな陶器の皿に、無造作に焼けたハムを入れてくれる。

「いただきます」

初海は豪快な厚切りのハムにかじりついた。高辻は自分でも食べながら、初海の皿に野菜などもどんどん放り込んでくれる。

「運転がなければビールでもいくんだが……いや、きみが未成年だからどっちにしてもそれはやめておいたほうがいいな」

食べながら高辻はそんなことを言う。

「僕が運転できるなら、社長には飲んでいただけたんでしょうけど」

「社長はやめよう」

高辻はふいに言った。

「これは業務じゃない、ここではきみは私のお客だ」

「え、でも」

初海は戸惑った。社長ではなく……では？

「高辻、さん？」

高辻はふっと笑った。

「それでいい。だが、私の方も業務と同じ『谷田部くん』ではバランスが悪いな。初海くんにしておこう」

初海くん。

高辻が一歩距離を詰めて呼んでくれた、その響きが思いもかけず優しくて、初海はどきっとした。

考えてみるとこれまで、自分の名前は不機嫌な声で「初海！」と呼ばれることが多かったような気がする。

「初海くん、これを」

高辻は自分の唇に馴染ませるようにもう一度呼び、熱々に焼けたじゃがいもを皿に載せてくれる。

満腹になった頃には、遅い夏の日も暮れ始めていた。

「虫が出てくる、撤収だ」

高辻が言って、バーベキューの道具を片付ける。

炭の始末をしたり、網を洗ったりするのを進んで初海は手伝った。遊びのあとの片付けのようで、普段の食事の後片付けと違ってなんだか楽しい。

別荘の中に戻って食器なども片付けると、高辻は「どうせこの時間は渋滞だ、少しゆっくりしてから帰ろう」と冷凍してあった豆でコーヒーを淹れてくれた。

向かい合って美味しいコーヒーを飲んでいると、なんともいえず穏やかな気持ちになってくる。

別荘の間接照明のほの暗さとか、網戸越しに通っていく風の涼しさとか、高辻の好みらしい酸味が少なく深い香りのコーヒーの味とか、座り心地のいいソファとか。

こんなふうにただただ、寛ぐために寛いでいる、というのはなんて贅沢な時間なんだろうと思う。

高辻は決して口数が多い方ではないし、初海もそうだ。

だが、無言で向かい合っていることが、まるで苦痛ではないのはなぜだろう。

初海がそんなことを考えていると……

「不思議だな」

高辻がぽつりと言った。

「他人と一緒にいることが得意ではないはずなのだが……きみといると苦痛じゃない」

初海は思わず顔を上げて高辻を見た。

「あの……僕も、です」

「きみも？」

高辻が不思議そうに初海を見て尋ねる。

「はい、あの……僕も、誰かといるのがあんまり……でも高辻さんだと平気だなって、今考えていたところだったんです」

高辻がわずかに、怪訝(けげん)そうに眉を寄せた。

「楽しいことがたくさんありそうな年頃なのに、他人と一緒にいることが得意じゃない、というのは……人間関係に不器用ということなのかな？　とてもそうは感じないんだが」

「不器用というか……」

初海は躊躇いながら言った。

「親戚の家で育って、転校も多かったので……」

こういう個人的な話に触れることを、高辻が不快に思ってはと、なるべく単純にぼかして説明すると、高辻はむしろ、少しソファから身を乗り出した。

「もしかすると……こんなことを聞いてもいいのかな、家族の愛情とか、団らんとか、そういったものを知らずに育った？」

こくりと初海が頷くと、高辻はコーヒーのカップをテーブルに置いた。

「では私たちは、境遇がどこか似ているのかもしれないな。私も家庭の味というものは知らずにこの年まで来て、どうも他人との関係に……そうだな、臆病というか。仕事で他人と接することは嫌いではないのだが、個人的な関係というものに、どうも腰が引けてしまう」

ゆっくりと、慎重な口調でそう言ってから……

「驚いたな」

初海をまっすぐに見つめた。

「こんなことだって、他人に話したことはないんだが。きみが相手だと勝手に口から出てくる。どうも、きみはなんというか——不思議だ。不思議だな」

それ以外の言葉が見つからなかったというように、その言葉を繰り返す。

初海を見つめる高辻の視線は、戸惑いと優しさと、そしてわずかな疑問を含んでいる。

今自分が向かい合っている相手は何ものなのだろう、とでもいうような。

そして初海も同じ思いで高辻を見つめながら、ふと、この人の顔立ちはなんて整っているのだろう、と改めて思った。

整っているといっても浮ついた美しさではなく、男らしくて品がある。そして普段は自信に満ちたビジネスマンとしての表情を浮かべている顔に、ふとした影のようなものを感じて、それが高辻の顔立ちに深みを与えていて、より魅力的に見える。

同性の顔に見とれるなんて、と思いつつ、初海は自分が見つめているのが高辻の顔であると同時に心であるような気もして、目が離せない。

そのまま、どちらも自分の方から視線をはずすことができずに戸惑っているような時間が流れた後——

ふいに、初海が持っている仕事用のスマホが着信を知らせた。

はっとして電話に出ると、増永だ。

「谷田部くん、今どこにいます？　まだ社長の別荘ですか？」

「はい、そうですけど」

「高速が事故で通行止めです。戻りに時間がかかると思いますので、早めに出た方がいいと社長に伝えてください。何時まででも、社でお帰りをお待ちします。谷田部くんはどこかで落としてもらって直帰してください」

いつものようにてきぱきと用件だけ伝えて電話が切れる。

初海が高辻を見ると、さっきまでの不思議な空気はかき消えて、高辻は仕事用の冷静な顔に戻っていた。

「増永か？　なんだって？」

「高速が事故で通行止めだそうです」

高辻はわずかに眉を上げる。

「状況を確認してくれるか」

そう言われてスマホで交通情報をチェックすると、確かに高速は数区間にわたって通行止めで、下道も影響を受けてかなり混んでいるようだ。

「遠回りのルートでも相当かかりそうです」

画面を見せながらそう言うと、高辻は眉を寄せた。

「それでも、遠回りのほうが確実そうだな。帰り着くまで結構かかるだろうから、急いで出よう。無駄な寄り道をして申し訳なかった」

「いいえ、そんな」

無駄な寄り道なんかじゃなかった、と思いながら初海は首を横に振った。

急いで戸締まりを確認しながら、高辻が初海に声をかけた。

「家の……家の人がいるのなら、遅くなると連絡したほうがいい」

家族ではなく「家の人」という言葉に高辻の気遣いが感じられる。

初海は頷いて自分のスマホを取り出し、家政婦の染谷が出るはずの家の番号に電話した。バイトの関係で帰りが遅くなるということだけ伝え、染谷に、夜食のようなものが必要かと尋かれ「いりません」と答えて電話を切る。

夏休みに入ってから初海が朝食以外ほとんど「家」で食事をしてないことをどう思っているのか、染谷が干渉しない姿勢を貫きつつ、洗濯や部屋の掃除などはしてくれていることがありがたい。

電話を切ると、高辻は高辻で、自分にかかってきた電話を受けているところだった。

「……なんだって？」

その声色が不審げなものに変わったので、初海ははっとした。

高辻の眉間にみるみる縦皺ができ、片手をズボンのポケットに突っ込んでいらいらした足取りで部屋の中を歩き始める。

「理由はわかっているのか……そんなばかな、言い訳だろう。それで？　……わかった……ああ、それも考えている……そうだな、では帰ってからまた連絡する」

不機嫌な様子で電話を切り、唇を嚙み締めて何か考えている高辻の様子を、初海は黙って見つめた。

この人には、こんな顔もあるんだ、という思いで。

ビジネスマンとしての完璧な顔とか、寛いでいるときの笑みとか優しさとか、さきほど見せてくれた孤独の影の部分とか……それとはまた違う、何か心の中に刺さった棘（とげ）を、どうしようかと考えあぐねているような。

しかし高辻はすぐに軽く頭を振ってスマホをポケットに入れ、初海を振り向いた。

「では、出よう」

「はい」

何も尋くつもりはないし、心の中でさえ詮索するつもりはない。

戸締まりをして車に乗り込むと、高辻は緩やかに発進させ、暗くなった別荘地の道を、高速道路のインターチェンジ方面に向かって走り出す。

やがて高速に乗ると、やはり通行止めの迂回路となってしまった影響からか、断続的に渋滞していた。

「これはかかるな」

それまで無言だった高辻が小さくため息をついた。

「トイレ休憩を取りたくなったら早めに言ってくれ」

「はい」

それきりまた高辻は黙り、初海も前方のテールライトの列を見つめていたが……

やがて高辻がぽつりと言った。

「きみに尋いても……わからないだろうな。今時の、東京住まいの若い子が、どういう夜遊びをするものなのか」

「夜遊び、ですか」

思いがけない言葉に、初海は驚いて繰り返した。

「僕は……夜遊びは」

したこともない、考えたこともない。

「そうだろう」

高辻はそう言ってまた黙り込み……やがて再び口を開いた。

「引き取っている子どもがいる」

初海は思わず高辻を見た。

暗い運転席の高辻の横顔に、周囲の車のライトが濃い陰影を作っている。

ハンドルを握り、真っ直ぐに前を見つめたまま、高辻は低い声で言葉を続けた。

「親がいない、という点では私や……きみとも共通点があるのだろう。だが私には理解できない行動ばかり取る。こちらとしてはできる限りの環境を整えてやっているつもりなのに、何が気に入らないのか、家に寄りつかず遊び歩いてばかりいる」

初海は戸惑った。

引き取っている子ども、ということは高辻はその子と一緒に暮らしているのだろうか。男の子なのか女の子なのか。血縁の子どもなのか、そうではないのか……どういういきさつで引き取り、どれくらい一緒に暮らしているのか。

　でもそれは、初海の方から質問するようなことではない。

　無言でいると、高辻はむしろその、初海の無言に促されたかのように続けた。

「私には、あの子に対する責任がある。過度な期待はしていないつもりだ。道を踏み外さずに生きて欲しいと、望むのはそれだけだ。きみを見ていると、本当にしっかりしていると思う。あの子が、きみと同い年になってもきみのようになるとは思えない。やはりこれは、持って生まれたものなのだろうか」

　高辻の声に、苦渋が滲(にじ)んでいる。

　話の中身からすると、「その子」は高辻や初海と同じ男で、初海よりもいくつか年下、という感じなのだろうか。

　初海は転校初日に、クラスメイトの宮間と話したことを思いだした。

　親がいなくて親戚に引き取られていて、という生徒が一定数いるらしく、宮間もそうだったが、その「親戚」に対する考え方は初海とは全く違い、構われすぎてうっとうしいようなことを言っていた。

　初海としては、引き取ってくれる親戚に対してはどういう扱いをされても感謝するしかないと思っていて、構われすぎ、と不満を口に出せるくらいならそれは幸せな境遇なのではないかと思う。

高辻が引き取っているという子は、どういう思いでいるのだろう。

高辻が、引き取った子どもに冷たく当たって、辛い思いをさせるような人とは思えない。

だが高辻が「できる限りの環境を整えてやっている」のに遊び歩いてばかりいる、というのは……甘えなのかもしれないし、傍からはわからない鬱屈を抱えているのかもしれない。

ふと、自分の保護者が高辻のような人だったら、と思った。

初海の保護者は、顔も名前もわからず、初海と「感情的に馴れ合う必要はない」と考えているのだと、弁護士の長谷川は言った。

そういう関係の相手だと、むしろ甘えも鬱屈も発生しないような気がする。

高辻とその子の距離感は、どんな感じなのだろう。

「何か……悩みがあるのかもしれませんね」

沈黙が長引き、高辻が何か返答を待っている気がして、なんとか初海はそう言った。

「そういうことについて、何か……話したりはしないんですか？」

「話？」

高辻は軽く驚いたように尋ね返した。

「話は……しない、していない」

つまりその子は、高辻に悩みを打ち明けたりはしていないのだろう。

だが初海は、高辻の口調にかすかな引っかかりを覚えた。

話をすることに、高辻の方が、腰が引けているような、その必要を認めていないような。

「高辻さんは」

思わず初海は、高辻の横顔を見つめながら尋ねた。

「その子が……かわいい、ですか？」

すると、ぴくりと高辻の頰が引き攣った。

「かわいい？　いや」

ぎゅっと唇を引き結び、次に出てきたのは、思いがけない言葉だった。

「どちらかといえば……そう、憎んでいるのだろう」

聞き間違えたのかと思い、初海は反応できなかった。

そのとき、前の車との距離がぐっと縮まり、前の車がハザードランプを点滅させ、高辻もブレーキを踏む。

渋滞だ。完全に止まってしまった。

すると高辻はふう、と息を吐き出し、ハンドルに額をつけた。

「——どうかしているな。わかっている、彼に罪はないんだ。だが」

顔を上げ、ちらりと横目で初海を見て、切なげに、自嘲気味の笑みを浮かべる。

「どうしようもない。彼が原因で、私が大切に思っていた人が亡くなった。それを私はどうしても忘れることができない」

初海はどう答えていいかわからない。

大切な人とはどういう人なのか、どうしてその人が、「その子」が原因で亡くなったのか、知りたい、聞きたい、という衝動が湧き上がる。

だがそこに、初海の方から踏み込んではいけないのだと……ぐっとその思いを抑え込む。

それよりも初海の胸を切なくさせたのは、高辻の苦悩の表情だった。

この人は、その子を本当に憎んでいるのだろうか。

憎んでいるのなら、心配などせず放っておけばいい。

けれど、その子が夜遊びをしているのを心配しているのは、高辻の本心だ。

高辻は——その子の中に大切な人の死を見、その子自身に対する複雑な思いがあることに、罪悪感を感じているのかもしれない。

もしかしたら間違っている想像かもしれないけれど、初海にはただ、高辻が傷ついているのだと、痛みを感じているのだと、それは確かだと思えた。

高辻は唇を噛んだまま、前方を見つめて呟く。

「どうしようもない人間だ、私は」

そんなことはない。

初海は衝動的に、高辻のほうに手を伸ばし……ハンドルを握った手に、自分の手を重ねていた。

どうしてそんなことをしようと思ったのか自分でもわからない。

ただ高辻の痛みを感じ、何かをしたいという衝動に駆られた結果だ。

高辻の手の甲の温度と硬さを自分の指先に感じ取った瞬間、はっとした。

気を悪くしただろうかと高辻を見ると、意外にも高辻は、目を細め、何か初海の胸が切なくなるような視線で、初海を見つめた。

「……ありがとう」

やがて低く、高辻は言った。

「こんな話を他人にしたのははじめてだ。年も立場も忘れて、きみの優しさに甘えているな。申し訳ない」

初海は首を横に振り、ゆっくりと手を引っ込めた。

指先にまだ、高辻の手の感触を感じながら。

そのとき、前の車が動き出し、高辻も前を見つめ直して車を発進させる。

「……私はどうすればいいと思う？　きみが彼なら、何を望む？」

やがて、穏やかな落ち着いた声音で高辻が尋ねた。

初海にはそれが、その子の「夜遊び」への対応を尋ねているのだとわかった。

高辻のその子に対する感情は置いておいて、なんとかしようと考えているのだ。

「話を、聞いてあげてはどうでしょう」

無責任な言葉にならないよう、初海はゆっくりと考えながら言った。

「その子は、寂しいのかもしれません。その子のいいところを探して……好きになってあげてください。でも、無理はしないでください」

高辻の心の負担を思ってつい言い足してから、謝る。

「すみません、生意気で余計なことを言っているかもしれません」

それこそ、年齢も立場も下の分際で、高辻とその子の関係の詳細も知らないで。

だが高辻は、真面目な顔で頷いた。

「努力してみよう」

それから、また横目でちらりと初海を見る。

「彼が、きみのようだったらな。いや、これを言ってはいけないのだろうが」

どこか残念そうな言葉を、初海は嬉しいと思いながら、自分も、自分の保護者が高辻のようだったらと考えてしまうのを、慌てて打ち消した。

それはあまりにも恩知らずだ。

初海の保護者は、何不自由ない生活をさせてくれ、大学にまで行かせてくれる。

これまでの生活と比べたら、感謝以上の気持ちを抱きようがない。

それでも……「寂しいのかもしれない」とその子の気持ちを慮(おもんぱか)った言葉が、無意識に自分の気持ちを投影させてしまったのかもしれない、と初海は気付いた。

寂しい。自分は寂しいのかもしれない。

「流れ出したな」

高辻の言葉にはっとして前を見ると、渋滞は解消して、いつしか車の列は流れはじめていた。

東京に帰り着いたのは思ったよりも早く、家の近くまで車で送ると言われたが、高辻が帰社しなくてはいけないことがわかっていたので初海は地下鉄の駅前で降ろしてもらった。

初海を降ろして走り去っていく車が、ちか、と一度だけハザードを点滅させたのがわかって、初海はなんだか胸がじんわりと温かくなるのを感じていた。

高辻は自分を信頼して、誰にも話さない家庭の事情を打ち明けてくれたのだ。

それがなんだか嬉しい。

誰かに……頼られる、というほど大げさなことではないにしても、信頼されることがこんなにも嬉しいとは思わなかった。

高辻と「その子」の関係がうまくいくといい、と思いながら、初海は駅の階段を駆け下りた。

それから数日、初海は普段通りに仕事をした。

高辻も、あの車の中での打ち明け話に関することは何も言わず、淡々といつも通りに仕事をし、初海にも普通に接している。

もちろん初海の方からも、仄めかすようなことすらしてはいない。

その日、高辻は夕方から異業種交流会に出席することになっており、初海は夕方四時頃解放された。

今から連絡して、夕食が欲しいと言っても迷惑ではないだろうか、一応尋ねてみようと思いながら「家」に電話をかけると、家政婦の染谷が出た。

「初海です。あの、今日はもう帰れそうなんですけど……」

「ちょうどようございました。長谷川さんがお見えで、初海さんをお待ちですよ」

弁護士の長谷川が。

何か用事だろうか。初海を新しい家に連れてきて以来、学校のことで二、三度顔を合わせたものの、夏休みになってからは一度も会っていない。

「……わかりました、急いで帰ります」

電話を切り、初海は小さくため息をついた。

長谷川は……なんとなく、苦手だ。

あまりにも事務的で、高辻の秘書の増永のてきぱきした感じとも違う、どこか冷たい感じがする。

だがそれでも、保護者と初海と繋いでくれる唯一の絆ではある人なので、何か用事があって来ているのなら、急いで帰らなければ。

玄関を入ると、染谷が出迎えた。

「長谷川さんが、応接室でお待ちですよ」

最初にこの屋敷に来たときに、説明を受けた部屋だ。

扉を開けて入ると、ソファに長谷川が座っていた。

「お待たせして申し訳ありません」

「いえ、こちらが勝手に来たんですから」

そっけなく長谷川は言って、向かいに座るよう身振りで促す。

「染谷さんから話を伺っていました。夏休み、ほとんど出かけているようですが、アルバイトというのは本当ですか」

前置きなく、いきなり尋ねる。

本当ですか、と言われて初海は戸惑った。

「はい、本当です」

「なぜですか」

少しくぼんだ目が、鋭く初海を見つめる。

「なぜ、って……」

「小遣いが不足ですか。じゅうぶんな金額だと思うのですが、何に使っているのですか」

初海は言葉に詰まった。

小遣いは毎月はじめに、多すぎるほどの額が封筒に入って部屋に置かれている。それには全く手を着けずに引き出しの中に入れてあって、いつどうやって返そうかと悩んではいたのだ。

「お小遣いは……使っていません。あの、自分で使いたいお金は自分で、と思って」

「使っていない？」

長谷川は呆れたように初海の言葉を遮った。

「当主の厚意を無にするのですか？　引き取って世話している子どもに、じゅうぶんな小遣いも与えずアルバイトをさせているなどと、口さがない者の耳に入ったら当主の名前に傷がつきます」

口さがない者？

誰か、当主が自分を引き取ったことに対し、噂するような人たちがいるのだろうか？

「もしも何か言う人がいたら……僕が自分で説明したら……」

「そういう問題ではありません」

長谷川はぴしゃりと遮る。

「それに、問題はそこではありません。夏休みをアルバイトに明け暮れて、勉強はどうしているんですか？　あなたは大学受験のことを真剣に考えていますか？」

初海ははっとした。

長谷川が問題にしているのは、そっちなのだ。

勉強は、バイト代で参考書や問題集を買って、夜、ちゃんと自分でしているつもりだ。

だが、それでは足りない、真剣みがない、ということなのだろうか。

「あなたが、これまでの環境に恵まれていなかった割には学校の成績がよかったことは承知しています。ですが、受験勉強というものは、学校の試験だけクリアしていればいいというものではない、そんなことくらいわかっているはずだ。それともあなたは、実は進学したいという気持ちを持っていないのですか？　よかれと思って大学に進ませようとしている当主の考えは、実は押し付けだったのですか？」

「いいえ！」

驚いて初海は首を振った。

「大学には……行きたいです、行かせていただけるのは、本当にありがたいです！」

諦めていた進学。自分には無理だと諦めていた。高校を出たらとにかく働いて、自立して、これまで世話になった家に少しでも返さなくては、と思っていた。

それでも本心では……行ける環境であるならば、どれだけ大学に行きたいと、もっと勉強したいと思っていたことだろう。

「だったら、本気を見せなさい」

長谷川は厳しい声で言う。

「いくつか、予備校の資料を置いておいたのを見てもいないんでしょう？　だからこちらも本気を疑うのです」

部屋に、塾や予備校の資料が置かれていたのには気付いていた。

けれど、お金のかかるところばかりで、そこまで迷惑をかけられないと思っていた。

でもそれは思い違いだったのだと、初海は悟った。

お金のことなど考えている場合ではないのだ。

必死に勉強をして、少しでもいい大学に行くことが、保護者の望んでいることなのだ。

「……申し訳ありませんでした」

初海は頭を下げた。

お金のことを心配したり、かかった費用を返したりするのは……ちゃんと就職して、自立してからの話だったのだ。

「わかればよろしい」

長谷川は頷いた。

「しかし、予備校の夏期講習に今から申し込んでも半端でしょうし、こちらとしても、あなたがちゃんと通うのかどうか信用できません。明日から、東京を離れてどこか当主の別荘に、こちらで用意する家庭教師同伴で缶詰になってもらいます」

「待ってください！」

初海は驚いて叫んだ。

「明日から……そんな急に、バイトを辞めるわけには……」

「辞めさせてもらえないようなバイトなのですか？」

「そうじゃないんです」

急に辞めて、高辻に迷惑をかけるようなことはできない。

それに……本心では、辞めたくない。続けたい。

高辻の傍で、働きたい。

初海は、それが自分の中でどれだけ大きな望みなのかに気付いた。

傍で働いて欲しいと望まれた。尊敬できる人だと思った。信頼して、個人的なことを打ち明けてくれた。

たぶん長谷川には、そのひとつひとつが、初海にとってどれだけ特別なことなのかわからないだろう。

「急に辞めるのは……バイト先でも困ると思うんです。夏休みの間だけという約束なので、続けちゃだめですか？　勉強はちゃんと——」

なんとか続けることを許してもらえないかと思ったが、

「染谷さんから、かなり遅くなることが多いと聞いています。ほとんど家で食事もしていないと。そんな状態で勉強ができるとは思いません」

長谷川の答えは、にべもない。

「辞めるのが難しいようなら、私が保護者代理として、直接先方と話をします。受験生にとってこの夏休みがどれだけ重要なものなのか説明しましょう」

その言葉に、初海はぎょっとした。

長谷川が出て行ったら……初海が高校生だということがわかってしまう。

今の今まで、初海は自分が大学生だという誤解を解かないままでいることを忘れていた。

けれど、結果的に嘘をついていたことが、長谷川にも……そして高辻にもわかってしまう。

せっかく高辻が信頼してくれているのに、本当は嘘つきだと思われてしまう。

それならば……家庭の事情でバイトを続けられないと説明した方が、まだしもましなのかもしれない。

でも、かける迷惑はせめて最小限にしたい。

「一週間だけ、猶予をください」

初海は頭を下げた。

「お願いします。一週間でバイトは辞めます。その後は、ちゃんと勉強に専念します。だから、どうかお願いします……！」

長谷川はしばらく無言だったが、やがてふう、とため息をついた。

「……仕方ないでしょう。では、一週間。ですがその後は、こちらの言うとおりにしてください」

「ありがとうございます！」

初海が頭を上げると、長谷川はもうソファから立ち上がるところだった。

「では、失礼」

そう言って、初海を見もしないで出て行ってしまう。

初海は唇を噛み締めた。

長谷川を恨むのは、お門違いだ。

長谷川は、保護者の意を受けて行動しているだけだ。

そして保護者のことだって……恨むなんて、あまりにも恥知らずで恩知らずだ。

初海が考え違いをしていたのだ。

できるだけ自分で働いて、保護者の金銭的負担を減らすことが一番大事だと考えていた。

今までの家がそうだったから。

だが今度の保護者は、違うのだ。金銭的なことよりも、初海がちゃんと勉強して、大学に行くことを一番大事だと考えてくれているのだから、本当にありがたいことなのだ。

でも、せめて……

そういうことを、ちゃんと話す機会があったなら。

保護者が直接初海と会う機会を一度でいいから作ってくれて、初海がどういう心構えで新しい生活をはじめればよかったのかを話してくれれば。

そうしたら初海だって、感謝の気持ちを伝えることもできただろう。

ふいに初海は、寂しい、と感じた。

この大きな家の中で、何不自由ない生活をしながら、どうしてかものすごく寂しい。

でも、そう思うことじたいが贅沢でわがままなのだ。

それなら前の家に戻るかと言われたら、今の方がいいに決まっているのだから。

そういえば、と初海はふと考えた。

高辻は、引き取った子と、ちゃんと話ができたのだろうか。

その子が羨ましい、と思いかけ……また初海は、慌ててその恩知らずな考えを打ち消した。


どうやって言い出そう。

翌日、悩みながら初海が出勤し、高辻が業者の手を入れたがらない社長室の掃除をしていると、秘書室から「おはようございます」という増永の声が聞こえた。

開け放ってあった扉から高辻が入ってくる。

「おはようございます」

初海が挨拶すると、片手で扉を閉めながら高辻は頷いた。

あれ、と初海は違和感を覚えた。

いつもなら高辻は、「おはよう」と返してくれる。

けれど今日の高辻は頷いただけで、黙ってデスクに向かい、椅子に座る。

機嫌が悪いのだろうか、そんな高辻は見たことがないけれど、と思いながら初海はほとんど終わっていた掃除をやめ、高辻にコーヒーを淹れようとして、ふと気付いた。

高辻は片手で軽く胃のあたりを押さえて一瞬眉を寄せ、すぐにデスクの上にあった書類を取り上げる。

もしかして。

初海は秘書室の隣にある給湯室に行き、いつものコーヒーカップではなく、主に食事のときに使う湯飲みを手に取った。

「失礼します」

社長室に戻り、高辻の前に湯飲みを置くと、高辻は反射的に手を伸ばしかけてから「おや」という顔になり、初海を見た。

「これは?」

「ほうじ茶です。あの……」

初海はちょっと躊躇ってから、言った。

「胃が痛むのではないかと思って……」

高辻は家で朝食を摂らないらしい。それで会社に来て、朝一番でまずブラックのコーヒーを飲むのだから、胃にいいわけがない。

ただ、胃が痛いのではという初海の想像が間違っていたら、叱られないまでも不愉快にさせるかもしれない。

しかし高辻は、初海を見、湯飲みに視線を落とし、また初海を見て、驚いたように瞬きをした。

「なぜわかった?」

「なんとなく、です」

胃のあたりに手を当てたのも、眉を寄せたのも一瞬だった。

けれど、高辻が部屋に入ってきた瞬間から覚えた違和感と、その一瞬の挙動が、初海の中でとっさに繋がったのだ。

「……きみは、やはり」

高辻は何か言いかけてやめ、湯飲みのほうじ茶をひとくち飲んだ。

ふう、と息を吐き出す。

「なるほどな」

そう呟いて、もうひとくち。

表情が穏やかになってくるのがわかって、初海はほっとした。

あとで増永に言って胃薬があるかどうか確認し、カフェインレスのコーヒーを買ってこようと考える。

「失礼します」

頭を下げて下がろうとすると、

「ああ、ちょっと待って」

高辻が呼び止めた。

「きみ、もし今日の昼、私に会食が入って、きみにはたとえば昼食代を渡すから、一人でなんでも好きなものを食べてこいと言ったら、何を食べる？」

唐突な問いに、初海は戸惑った。

一人で……なんでも好きなものを。昼食代もきっと少なくない金額で、あとで領収書を渡すとしたら、あまり安いものですませるのも却って失礼だろう。

だったら……

「ファミレスで、パンケーキを食べます」

初海は、ちょっとした憧れを口にした。

「パンケーキ？　昼飯に？」

高辻が眉を上げる。

「はい、あの」

初海は、なんだかわからないけれどこの会話は、理由まできちんと答えることを要求されているのだと感じた。

「近くのビルに入っているファミレスで、今、ランチタイムにパンケーキ祭りをやっているんです。僕はその……ファミレスって行ったことがなくて。甘いものも結構好きなので……食べてみたいかなって」

ランチのパンケーキというのは女性向けなのかもしれないが、小さめのパンケーキが六枚くらい積み重なった写真に、初海はなんだか惹かれたのだ。

小学校高学年のころ、初海と同い年の子どもがいた家で、家族でファミレスに行くときに初海だけ留守番をさせられた痛みが、もしかしてあのパンケーキを食べたら忘れられるような気も、少しばかりしている。

すると高辻は頷いた。

「わかった。では今日の昼は、そこに行こう」

「え⁉」

初海は思わず声をあげた。

「行こう……ええと、社長も？　会食は……？」

「会食は入ってない。たとえばの話だ。たまには、きみが行きたい場所に行ってきみが食べたいものを食べてもらってもいいだろう」

そう言ってから、ちょっと苦笑する。

「そのかわり、私は向かい合って粥か何かを食べるぞ。ファミレスだからそういうたぐいも何かあるだろう。では、あとで」

下がっていい、という合図だと察し、初海は退室しながら、はたと気付いた。

高辻は、初海の希望を引き出すためにあんなまわりくどい質問をしたのだ。

ただ「今日はきみの好きなものを」と言われても、一緒に行くのだとしたら初海は遠慮して、高辻の好みの範囲で選んでしまっただろう。高辻はそれを見越していたのだ。

嬉しい、と初海は感じた。

高辻のそういう気遣いが嬉しい。

けれど、そういう気遣いに接することができるのも……あとわずかなのだ。

どうやって言い出そう。

あと一週間しか、このバイトができないことを。

ランチのときに言うしかないと思い、脳裏に浮かべていたパンケーキの写真がふと色あせたのを初海は感じた。

それでも、実際に六枚重ねのパンケーキを目にしたときには、初海の胸は躍った。

対する高辻は、粥膳を注文したけれど、「向かい合って」とはならなかった。

普通の席が満席で、奥にある個室に通されたからだ。

「こちらでよろしいでしょうか」

店員が案内したのは、狭い個室で、しかも角だから座席は九十度の角度だ。

食事が運ばれてきて店員が扉を閉めると、扉に磨りガラスの窓はついているものの、ほぼ完全な閉鎖空間になる。

「ファミレスにこんな個室があったとは知らなかった」

高辻が面白そうに見回した。

「もともとカップル向けなのかもしれないが、オフィス街でこういうものを作ると、商談にも使えるんだろうな」

初海も、そもそもファミレスがはじめてだから何もかも驚きだ。

巨大なメニューには、すべての品物が写真で表示されている。カロリーまで書いてある。子ども向けはもちろんだけれど、大人向けのメニューももちろん豊富で、家族全員でこんなところに来たら、子どもはどれだけわくわくするだろうと考える。

パンケーキは枚数とソースがいろいろ選べて、初海は悩んだあげくにブルーベリーソースの六枚重ねを頼んだ。

こういうふうに悩むのは、悩むことすら楽しい。

そして、食べ始めてみるとやはり、通りすがりに写真を見て憧れていたとおりのおいしさが口いっぱいに広がる。

高辻はパンケーキを嬉しそうに食べる初海を見て軽く微笑みながら、粥を完食した。

食後に頼んだお茶が運ばれてくると、初海は少し緊張した。

話すならたぶん、今だ。

パンケーキを食べている間だって忘れていたわけではない。ただ、せっかく高辻が初海の好きなものを食べさせてくれたのだから、それはそれでちゃんと楽しもう、味わおうと思っていただけだ。

バイトを、辞めなくてはいけなくなりました。

その一言を、思い切って口に出そうとしたとき……

「きみは」

高辻のほうが口を開いた。

「この間の、私の打ち明け話について、その後何も尋ねないな」

初海ははっとした。

高辻の方が、初海に打ち明け話をしたことを全く口に出さないのだから、自分もそうしなくてはと思っていた。

もしかすると高辻は、一時の雰囲気で初海にあんな話をしてしまったことを後悔しているかもしれないのだから、気まずい思いをさせないためにも、何も聞かなかったように振る舞うべきだとも思っていた。

でも、高辻と「その子」のことが、気になっていたのは確かだ。

長谷川にバイトを辞めるよう言われ、自分と自分の保護者の関係について考え込むときはなおさら、いけないと思いつつ、つい比較してしまって自己嫌悪に陥っている。

「伺っても、いいんでしょうか」

高辻の意図がわからず初海が尋ねると、高辻はわずかに目を細めた。

「やはり、きみの気遣いだったか」

真面目な顔になって、初海をじっと見つめる。

「きみは……そんなに若いのに、どうして私が望むことをすべて読み取っているかのように、しかもそれを表に出すことなく、さりげない気遣いができるのだろうな」

高辻の瞳が真っ直ぐに初海の瞳を捕らえ、初海はどうしてだか頬が熱くなるのを感じた。

高辻の視線の中にある、わずかな疑問形を含む温かさや優しさを感じ取って、心臓が少しばかり急いで走り出すような感じがする。

低い声で高辻は続けた。

「これまでも……気配りや気遣いのできる人間は何人か見てきた。増永はじめ、秘書たちはかなり気がきくありがたい人材だとは思う。だがきみは……そういう、仕事としてきちんと気配りができるというのとは、何か違う」

これは。褒めてくれているのだろうか。

面と向かって褒められることになれていない初海は、ただただ気恥ずかしいだけで、どう反応していいのかわからない。

すると高辻は、自分が初海を困らせていることに気付いてか、ふっと微笑んで一度視線をはずして湯飲みに口を付けた。

「……彼とは、一度きちんと話す機会を設けてみることにした」

「え、あ」

引き取っている、おそらく初海より少し年下なのであろう「その子」の、話を聞いてあげてほしいと初海が言ったのを、真剣に考えてくれたのだ。

「憎んでいる」と言わなくてはいけないほど複雑な関係性にある相手と話せというのは、無関係な初海の、無責任で安易な言葉だと受け取られても不思議ではなかったのに、高辻は本気で受け止めてくれたのだ。

「それは……よかったです」

「そうだといいと、思う」

高辻はまた、初海を見つめる。

「きみを見ていると、自分が大学生だったころと比較してしまう。自分で言うのもなんだが、勉強や運動などはできたが、きみのように他人の要求を読み取ったり、細やかな気遣いなどは全くできなかったと思う。なんというかきみは……大人だな」

「……そんなことは、ないです」

こんな場合にどんなふうに答えるのがスマートなのかもわからない、人生経験の浅い子どもだと、自分では思う。

ただ、自分が一生懸命、高辻の役に立とうと仕事をしていることが、高辻に喜んでもらえているのなら、本当に嬉しい。

だがそれも……自分が、言わなくてはいけないことを言うまでのこと。

こんなふうに褒められてしまうと、ますます辞めなくてはいけないことを口に出せなくなる。

そして同時に、「辞めたくない」という気持ちも、またむくむくと頭をもたげてくる。

どうすればいいのだろう。

「……どうした？」

初海の葛藤に気付いてか、高辻がふと眉を寄せた。

「私は何か、きみを困らせている？」

「そ、そんなことはないです！」

初海が強く首を左右に振ると、高辻はきゅっと一瞬唇を引き結び、それからテーブル越しに、少し身を乗り出していた。

角席に九十度の角度で座っているためか、急に距離が近くなったように感じる。

「きみに、頼みがある」

低い声で、高辻が言った。

「な……なんでしょう」

「きみには、夏休み中だけのバイトをお願いしたつもりだった。だが、できれば、大学生活に支障がない範囲でいい、週に何日かでも、続けてもらえないだろうか」

真剣な声音に、初海はどきりとした。

どうしよう。

こんなことを頼まれてしまうなんて。

そもそも自分は、大学生ではなく、高校生だ。今の仕事はどうしても平日の昼間になるから、二学期が始まってしまったら、まず無理だ。

だが高辻は、初海が迷っていると思ったのか、さらに言葉を重ねた。

「そしてもしきみにその気があれば、そのまま、大学を出たら私の秘書として、就職してもらえないだろうか」

就職！

そんなことまで望んでくれるのか。

とにかくいずれはきちんと就職をして自立しなくてはと思っている初海にとって、今の段階でそんなふうに言ってもらえるのは本当に嬉しいことだ。

だが——初海が高校生だとわかったら？

初海が嘘をついていた、騙していたとわかったら？

それでも高辻は同じことを望んでくれるのだろうか？

「僕は……」

言わなくては。

今、言わなくては。

けれど、口の中がからからに乾いて、どうしても言葉が出てこない。

すると高辻は、ふっと苦笑して、テーブルに視線を落とした。

「いくらなんでもことを急ぎすぎているな。きみにだって将来の夢や希望がちゃんとあるのだろうに。だが」

顔を上げ、もう一度初海の視線を捕らえる。

「私はきみに、傍にいて欲しいと思う。こんなふうに、誰かに傍にいて欲しいと思ったことははじめてなんだ」

その言葉に、どきっと心臓が跳ねた。

仕事の話をされているというのに、まるで高辻という個人が、初海という個人に対して「傍にいて欲しい」と言っているかのように錯覚してしまいそうだ。

高辻の視線が初海を捕らえて、思考を鈍らせる。

そして目の前に、奇妙に近い位置にある高辻の顔のパーツのひとつひとつが、なんて整っているんだろう、などとまるで関係なさそうなことを頭の隅で考え……

そして、その唇から目が離せなくなった。

初海のことを語る唇。

穏やかで優しい声。

仕事のときのスピーディーでてきぱきして厳しい雰囲気とはまるで違う、初海と二人でいるときの、成熟した大人をより強く感じさせる言葉が、ここから紡がれている。

「初海くん？」

高辻の声が、どこか遠くから聞こえたように感じ、ただその唇から、白い歯と、舌がちらりと覗いたのが見えた瞬間、なぜかかっと耳まで熱くなる。

いったい自分はどうしてしまったのか、と思ったとき。

「……初海、くん？」

もう一度初海を呼んだ高辻の声が、どこか戸惑うように、しかし甘さを含んでひそめられ……

顔が、近付いた。

どうして瞼を伏せてしまったのかわからない。

高辻の視線を、眩しいと感じたからかもしれない。

とにかく気がついたら初海は身じろぎもしないまま瞼だけを伏せ――そして次の瞬間、何か温かいものが唇に触れた。

優しい温度を持った、少し湿ったもの。

そして、初海の頬にかかる、羽根で撫でるような軽い息の感触。

唇に触れているのは、同じ唇だ。

そう理解した瞬間――初海はぎょっとして身体を反らした。

驚いたように見開かれた高辻の顔を見て、慌てて立ち上がり、狭い個室の壁際に飛びすさる。

キスを、した。

高辻と……同じ男である高辻と、どうしてか、唇を触れ合わせるキスを。

どうして?

混乱しつつ、初海は確かに、これは自分の方が望んだことだとわかった。

高辻にキスして欲しいと初海の中の何かが求め、それを高辻に見抜かれたのだ。

「初海く……」

高辻も瞳に動揺を浮かべながら立ち上がろうとし、初海は恥ずかしさでどうにかなりそうだと思った。

なんてことだろう。

こんな……こんなことを望んでしまった自分を、高辻はどう思っているだろう。

もう高辻の顔が見られない。

「ごめ……すみません、ぼ、僕」

初海はなんとか喉から声を絞り出した。

「すみません、僕、バイトを辞めなくては」

言わなくてはいけないとずっと思っていた言葉を、こんなタイミングで口にしてしまってはいけないと気付いたときには遅かった。

口から辷り出てしまった言葉は取り消せない。

「辞める……？」

ようやく高辻が、我に返ったように見えた。

「辞める……そうだな、仕方ないな……」

それは高辻が、初海が辞めることに同意したという意味だと、初海にはわかった。

恥ずかしい。申し訳ない。そんな気持ちがごちゃまぜになり、けれどとにかく自分はもう高辻のもとでバイトは続けられないのだと、それだけははっきりしている。

「……失礼します」

たまらなくなって、初海は個室の扉を押し開け、そのままファミレスから走り出ていた。

どうしてこんなことになってしまったのだろう。

家に帰り、自分の部屋に飛び込むと、そのまま初海は床に蹲った。

キス。

自分の唇に震える指先を当てると、高辻の唇の感触を思い出す。

すると、かっと身体の芯が火照るのを感じた。

これがどういうことなのか、混乱しつつも次第にひとつの考えがかたちになってくる。

高辻という人に憧れ、尊敬し、あの人のために働きたい、役に立ちたいと思い、打ち明け話を嬉しく思い、傍にいられなくなることを辛く思い——

これはつまり、高辻が好きなのだ。

それも、キスをしたい、してほしい、と思うような種類の「好き」だ。

あのキスが、自分が望んだものであることは間違いない。

自分について優しく語る高辻の唇を見つめていたら、確かに自分の中には、何か不思議な衝動が湧き上がり、唇から目が離せなくなった。

それを、高辻が感じ取ったのだとしたら……それは自分が「誘った」ということになる。

どんな物欲しげな顔をしたのだろうと思うと、いたたまれなくなる。

自分で自分が信じられない。

これまで、恋などしたことはなかった
だからたぶん、気付くのに時間がかかった。

でもこの気持ちは、間違いなく恋なのだ。

どうして同性である高辻なのだろう。自分は同性愛者だったのだろうか。

そのことにも混乱しつつ、初海の胸は喪失感に疼く。

恋だと自覚する前に、その恋は失われてしまったと思うからだ。

キスのあとの、高辻の驚きを浮かべた、どこか呆然とした顔。

あれは、初海の気持ちを悟ってしまったこと、そして初海の誘いに乗ってしまったことに対する後悔のようなものに見えた。

恥ずかしい。情けない。申し訳ない。

いろいろな感情がごちゃまぜになりつつ、とにかくひとつのことだけははっきりわかる。

高辻にはもう会えない。

合わせる顔がないというだけではなく、あんなふうに「辞めます」と言って飛び出してしまった以上、明日の朝、普通に出社なんてできない。

次の人が決まるまでの短期間だとしても、高辻の方もきっと……気まずくて、もう初海を傍に置きたいなどと思わないだろう。

結局、いきなり辞めて高辻にも増永にも迷惑をかける結果になってしまった。

バイト代ももらっていないが、申し訳なくて貰えない。

そんなことより何より……

高辻は自分のことをどう思っているだろう、軽蔑しているだろうか、自分を雇ったことを後悔しているのだろうかと――それを想像するのが初海にはただただ辛かった。


「初海さん」

ドアの外から、家政婦の染谷が呼ぶ声がした。

「初海さん、おいでなんですよね？　ちょっとよろしいですか？」

「は、はい、ちょっと待ってください」

初海は慌てて返事をした。

時計を見ると夕方だ。

午後の早い時間にいきなり帰ってきて、部屋に閉じこもって、染谷もおかしいと思っているに違いない。

こんな時間に家にいるのだから、夕食がいるかどうかも確認したいのだろう。

とても食事なんて気分ではないから、とにかくそれだけは染谷に告げなくては。

染谷との関係が「仕事」を介したクールなものだと知っていても、または知っているからこそ、余計な心配をかけまいと、初海は急いで服装や髪型を整えた。

鏡を見て、少し目が赤いけれど、昼寝していたとでも言えば大丈夫だろうと思い、扉を開ける。

染谷がちょっと驚いた顔で初海を見上げた。

「ご気分でも悪かったんですか？」

「すみません、ちょっと寝ちゃってて」

染谷はそれ以上追及せず、声をひそめた。

「お客さまなんですけど、出られますか？」

初海はぎくりとした。高辻、もしくは増永の顔を思い浮かべたのだ。

「誰……ですか？」

「旦那さまのご親戚です」

一瞬初海は、旦那さまというのが誰のことだろうと思い……自分の保護者、この家の持ち主であり染谷の雇い主だと気付いた。

「親戚の方……？」

「突然お越しになって……ただ、ここでご親族の集まりがあるときなどにお会いしてお顔は存じ上げていますので間違いないです」

「僕に、用事なんですか……？」

「ええ、とにかく初海さんを一目見たいとおっしゃっていて。応接間にお通ししてありますけど……お会いになりたくなければ長谷川さんに伺ってみますか?」

そうは言いつつも染谷の困惑ぶりからすると、我が儘(わがまま)を言って待たせるのもはばかられる雰囲気だ。

保護者の親戚がどうして自分に会いたいのかわからないけれど、そういうことなら出て行かなくてはいけないのだろう、と初海は思った。

「わかりました、すぐ行きます」

染谷は初海の服装を点検するように眺め渡す。

バイトに行った服装だから、白の半袖シャツにグレーのズボンだ。

「ジャケットを羽織われたほうがいいかもしれませんね、あの薄手の紺の。それからネクタイとまではいかなくても、中のシャツをデザインのあるものに替えて……ブルーで、襟元に白の刺繍が入っているのがありますでしょ」

染谷が初海のクローゼットの中身を熟知しているのは当然のことだが……

「そんな、ちゃんとしなくてはいけない方なんですか」

思わず初海が尋ねると、染谷は肩をすくめた。

「まあ……ちょっと怖い感じと申しますか。ああいう方々はわりあい、服装で判断なさいますからね、それからご挨拶もきちんとなさって」

染谷は親切心で忠告しているのだとわかったが、怖い感じの……方々、ということは複数だ。怖気づきそうになる。

それでも初海は染谷が言ったとおりに急いで着替え、髪もきちんと撫でつけた。

鏡でチェックすると、まるで自分ではないような、質がよく品もいい服装の、ちょっとしたお坊ちゃんのように見える。

不安そうな表情をなんとかしなくてはと思うけれど、こればかりはどうしようもない。

急いで部屋を出て応接間に向かい、ノックをするべきかどうか迷った。

こういうときのマナーのようなものも、何も知らないのだ。

しないよりはしたほうがいいだろうと思い、ノックを二回して、返事がないままに扉を開けた。

「……失礼します」

おずおずと応接間に入ると、三人の人物が一斉に初海を見た。

年配の男女。

ソファに座った女性二人は、一人は金縁の眼鏡をかけ、もう一人は口元にほくろが目立っている。

それぞれに高級そうなワンピースを着てティーカップを手に持ち、窓際に立った白い髭を生やした男性は、片手をポケットに突っ込んでいる。

客が全員無言で、じろじろと初海を見ているので、初海は戸惑いつつ仕方なく部屋の中に歩んだ。

　挨拶を……なんと言えばいいのだろう。

「いらっしゃいませ、はじめまして、谷田部初海と申します」

　そう言って頭を下げると……

「いらっしゃいませ、ですって」

　金縁の眼鏡をかけた女性が、もう一人に呆れたように言った。

「ここを自分の家だと思っているのね？」

　それからおもむろに初海に向き直る。

「ここは、磯谷の家の屋敷です。お前はこの家に対し、なんの権利も持っていません。むしろ私たちの方が、磯谷の親族として権利があるの」

　初海はその言葉にはっとした。

　権利云々というより……「磯谷」という名字に。

　初海は、保護者の名字を知らない。顔も名前も知らない。

　そしてこの家には表札がない。郵便物なども、染谷が処理していて初海の目には触れない。

　学校の保護者代理は長谷川だ。

　まるで初海に知らせまいと意図しているかのようだ。

　けれど今の言葉からすると、この家は「磯谷」という家のものなのだ。

もちろん初海にはまるで心当たりのない名字で、自分がこの家の遠縁なのだとしてもどういう関係なのかまるでわからない。

初海がそんなことを考えて黙っていると、もう一人の口元にほくろのある女性が、眉を寄せて初海を見た。

「何か言えないの？　この家はもう……それどころか、磯谷のすべてはもう、自分のものだとでも思っているの？」

初海は驚いて首を振った。

「そんな……僕はただ、ここでお世話になっているだけです。権利なんて、そんな……何もないのは自分でよくわかっています」

「殊勝なことを言うこと」

眼鏡の女性が鼻で笑う。

「世渡りは学んでいるのだろうさ、そういう育ちだろうから」

窓際にいた白い髭の男がそう言ってソファの方に歩み寄ってくると、初海の前に立ち、じろじろと初海を眺めた。

「ひよわそうだな。そして卑屈だ。堂々としたところがない。血筋ではないのだからそんなものだろうが、これで将来磯谷の役に立つのかどうか、頭はいいのか悪いのか、どうにもならんようならわざわざ面倒を見てはいないだろうが……」

初海にはまるでわけのわからない言葉の羅列だ。

磯谷……保護者の名前が磯谷だとして、血筋ではないとは？

保護者は遠縁ではなかったのだろうか。

将来磯谷の役に立つとはどういう意味なのだろう。

だがそんなことを尋ねる雰囲気でもなく、男は続けた。

「大学受験と聞いている。当然、T大を目指しているのだろうな。将来のことを考えれば経済でもいいが、親族には法学部出身者も多い。むしろそちらを目指すべきだろう」

初海は呆然とした。

志望校のことなど、大学に行かせてくれるとわかったときから漠然と考えていたけれど、どこを目指すべき、という指示はなかった。

本を読むことが大好きな初海としては、文学系に行って教師を目指すか、何か違う資格取得系の学部にするべきかを考えていた程度だ。

経済学部とか法学部など考えてもいなかったのに、もしかすると保護者は初海を引き取ったときから、初海の進路を決めていたのだろうか。

男が言うT大を目指すのなら、確かにバイトどころではなく、相当必死に勉強したって受かるかどうか。それならば、長谷川が怒ったのも納得できる。

「何かおっしゃい」

ほくろの女性が苛立ったように言った。

「磯谷に連なるものとしての自覚をちゃんと持っているの？」

「あの……僕は……」

初海の声が掠れた。

何も聞いていない、知らない、と言ってもいいのだろうか？

でもそんなことを言ったら、もしかして初海の保護者が「何も教えていない」とこの親族らしき人たちに責められたりするのだろうか？

保護者とこの人たちの力関係が何もわからないので、どうしていいかわからない。

でもとにかく、何か言わなくては。

それも、嘘やいいかげんな思いつきではない言葉を。

「僕は、この家に引き取っていただいて、何不自由ない生活をさせていただいて、本当に感謝しています。期待を裏切らないように、一生懸命勉強します」

今言えるのは、それだけだ。

「は」

男がまた、鼻で笑う。

「当然のことだ」

そして女性たちに向かって笑って見せた。

「どうだな、ご婦人がた。これ以上話してもたいして得るものはあるまい。今日はこの辺で引き上げては」

「そうね。わざわざこの家で面倒を見るというから、どういう権利を与えるつもりなのかと驚いたけれど、恐れるほどのことはなさそうだわ」

女性たちは頷いて立ち上がる。

自分が客と扉の間にいることに気付いて慌てて初海が一歩下がると、客たちは初海の前を通り、眼鏡の女性が、

「使用人の振る舞いね」

小声で言い捨てたのがわかった。

何か間違ったことをしたのだろうか。

そのまま客たちは出て行ってしまい、玄関まで見送るべきだったのだろうかと気付いたときには、車寄せから車が出て行く音が聞こえていた。


翌日、屋敷に一人の男が現れた。

痩(や)せ形で眼鏡をかけた、三十代くらいの神経質そうな男は「家庭教師の久保田(くぼた)」と名乗り、今すぐ初海(はつみ)の着替えや身の回りのものを用意して車に乗るよう告げた。

「それからもちろん、勉強の道具も」

そっけなく付け足す久保田に、染谷(そめや)が慌てる。

「着替えなどは私が荷造りしますから、初海さんはお勉強の関係のものを」

慌ただしくトランクふたつぶんの荷物を用意すると、久保田が乗ってきたらしい車に積み込み、運転席に久保田が、後部座席に初海が乗り込んで出発する。

「あの……どこへ」

自己紹介の暇さえ与えて貰(もら)えなかった初海は、久保田に対して最初に口を開くのがこれかと思いつつ、おそるおそる尋ねた。

「勉強に集中できるところです。長谷川(はせがわ)さんから聞いていませんか。僕はあなたの成績に責任を持つよう言われていますので、容赦なくいきますよ」

弁護士の長谷川と同じく、言葉遣いは丁寧だがひどくそっけない。

しかし、長谷川が「どこか当主の別荘に缶詰」と言っていたことをようやく思い出し、これから向かうのはその缶詰先なのだと思い当たった。

バイトを辞めたことをなんとかメールで知らせたのは昨日の夜になってからだというのに、この短時間で長谷川はすべての手はずを整えたのだ。

車は高速に乗る。

それが……高辻(たかつじ)の出張と別荘に同行したときと同じ高速であると気付き、初海はどきっとした。

まさか、あそこに向かうのだろうか。

確かに国内有数の別荘地のひとつだから、目的地があそこでも不思議ではない。

だが、あの別荘で高辻と心が近付いたように感じたことを思い出すと、息苦しくなる。

あのときから自分が高辻に対して恋のような気持ちを抱いていたのかどうかはよくわからないけれど、あのときは本当に楽しくて、幸福だったと思う。

それなのに今は、と思うと……あの場所に近付くのが怖くなる。

久保田の運転はまあ普通なのかもしれないが、高辻に比べると荒いと感じ、こちらが我慢の限界になってやっと言い出すまでトイレ休憩も取ってくれないので、高辻がいかに気を配ってくれていたのかを改めて実感する。

車内では久保田にこれまでの学校での成績や勉強方法を尋かれる以外に会話もなく、やはり車は覚えのある出口で高速を降り、そしてやはりあの別荘地に向かった。

高辻の別荘がある方向に車が近付いていく。

そうだ、ここをこう曲がって……確かこの道に、自転車の家族連れがいて……と、窓の外を見ながらどうしてもあの日に思いを重ねていると、車はやがて、高辻の別荘まで行き着く前に、ひとつの路地に入った。

その路地の入り口には、ＩＳＯＧＡＩと書かれた表示がひとつだけ。

つまりこの奥には、一軒しかない。

やがて見えてきたのは、苔むした低い石積みの塀と生け垣が、白樺の木立を囲い込んだ広い敷地だった。

車が近付くと、鉄の門扉が自動で開き、乗り入れると背後でまた、自動で閉まる。

そしてその奥にあったのは、別荘と言うよりは「豪邸」という感じの建物だった。

大きな二階建ての建物で、車寄せのある玄関や、大きな窓の外側に広がる広々としたポーチなどが目に入る。

玄関の前には老夫婦という感じの二人がいて、車を出迎えた。

「お待ちしておりました」

老人が後部座席のドアを開けて、そう挨拶する。

家庭教師の久保田は自分で運転席のドアを開けて降りた。

「長谷川さんから話は聞いていると思いますけど」

「はい、承っております。長期ご滞在の準備は整っておりますし、極力お邪魔はしないように致します」

老婦人が頷いて、頭を下げる。

老人は車をどこかに回すのか、キーを受け取って運転席に乗り込み、久保田と初海は老婦人について建物の中に入った。

広い玄関ポーチから、絨毯が敷かれた廊下に靴のまま上がる。

左右に廊下があり、正面にはカーブを描きながら二階に続く階段がある。

これは完全に、豪邸だ。初海が今住まわせてもらっている屋敷と同じくらいの豪邸だ。

全体にダークブラウンの木材を基調としたアンティーク調のしつらえが、建物じたいの歴史を感じさせる。

磯谷という家は、どれだけの資産家なのだろう。

初海を見に来た親族の様子からしても、ただのお金持ちではない、相当の家柄なのではないかと感じたけれど、この別荘も、廊下に何人もの肖像画などが並んで、なんとなく「代々所有している」という雰囲気だ。

でも、寛(くつろ)げそうな場所ではない、と初海は感じた。

家庭教師と一緒に缶詰になる場所だから、というだけではない。

豪華で近寄りがたい雰囲気は、たとえば政治家などが誰かを招いて密談をする、というようなイメージで、家族で避暑に来て寛ぐという感じではない。

高辻の別荘とはまるで違う。

おそらく歩けば二十分以内の近さにあるのであろう高辻の別荘は、ここに比べればこぢんまりしていて、温かみがあって、居心地がよかった。

「初海くん」

久保田に名前を呼ばれて、初海ははっとして我に返った。

「ぼんやりしないで。ここが食堂。隣の遊戯室を勉強部屋に充てさせてもらうことになっているから。二階に寝室がある。きみが使っていいのはその三室。わかった？」

「はい」

慌てて頷くと、久保田は老婦人に何か紙を手渡した。

「これが毎日のスケジュールです。食事の時間以外は、なるべく目につかないようにしてください、気が散るといけないから」

「かしこまりました、お掃除などは、その時にいらっしゃらない場所をなるべく静かにするように致します」

そう答えてから、老婦人は久保田と初海を交互に見た。

「お食事の好みなど承ってもよろしいでしょうか？」

「好き嫌いは言わせません」

初海が「好き嫌いはありません」という前に、久保田がきっぱりと答える。

「そういう我が儘（わがまま）を矯正するのも僕の役割です。栄養バランスの取れた、できれば脳にいいものを出してください」

「かしこまりました」

初海はその会話から、ここでは完全に久保田がすべてを支配するのだと悟った。

それでも……それが、保護者の意思なのだとしたら。

長谷川が独断ですべてを決めているはずはないから、すべては保護者である磯谷家当主が決めたことであると考えるべきだろう。

だったら自分はそれに従って……今は受験のために勉強することを求められているのだから、必死で勉強しないと。

勉強だけに集中できる環境を与えて貰えるのは、大変な贅沢なのだ。

勉強に没頭すれば、余計なことを考えずに済むだろうし、と……頭の中の考えに初海は小さく付け足した。


始まってみれば、それは想像以上に息の詰まる生活だった。

きちんと日課が決まっていて規則正しい生活をするのは悪いことではない。

けれど、朝起きてから夜寝るまで、ずっと監視の目があるのはなかなか辛い。

久保田は厳しい、というよりはきつい教師だった。

初海はもともと勉強が嫌いではないし、成績も悪くはなかった。

だが、どちらかというとゆっくり考える方だ。

試験でも、時間をめいっぱい使ってじっくり考え、回答欄を埋めていた。

だが久保田はスピードを要求する。

尋ねられたことに即座に答えを返せないと、理解していないのだと判断する。

また、初海は勉強を「知識を増やす、知らないことを知る」ためにするのだと思っていたが、久保田の教えることは「受験のテクニック」だ。

もちろん今初海に要求されていることはそれなのだとはわかっている。

しかしあまりにもテクニックに特化しすぎていて、国語の文章題などでも、出題をまず念頭に置いてから読み、文章を即座にばらばらに解体して必要な部分だけを探し出して無味乾燥なものに再構成することを要求する。

どんな文章でも、まず一度は文章として味わいたい初海にはなかなかそれがうまくいかない。

それでも必死についていこうとしていたが、どうしても久保田に対し、かすかな違和感を覚えてしまい、それがなんなのか初海は悩んだ。

久保田は厳しいだけではなく、常に不愉快だという顔をしている。

初海自身を嫌っているかのような。

これまでだって、学校で合わない教師、好きになれない教師はいた。

だが、知り合う時間すらなかった相手に、いきなり嫌われるようなことはなくて、初海にはそれが辛い。

そして、缶詰生活が一週間ほどになったとき、違和感の正体がわかった。

きつい暗記を立て続けにやって、初海の頭が疲れてしまい、一瞬集中力が途切れたとき、

「怠け者の勉強嫌いとは聞いていたが、まさにそうだ」

吐き捨てるように久保田が呟いたのだ。

怠け者の勉強嫌い。

初海は、自分にももちろん欠点はいろいろあるにしても、その言葉だけは当てはまらないと思った。

これまで、怠けたいと思っても怠けられるような環境にはなかった。

引き取られた家での用事は、できないこと、やったことのないことでも必死にやろうとしたし、覚えようとした。

その家で自分の居場所を得ようと、言われないことでもやれそうなことは進んで探した。

勉強だって……どれだけ、自分の時間が欲しいと思ったことだろう。

睡眠時間を削って宿題をやるだけで精一杯で、予習の時間が取れなかったりすると、どれだけ自分の時間がある生徒たちを羨ましいと思っただろう。

苦手な科目はもちろんある。

それでも、できない自分を情けないとは思っても、その科目を嫌ったりしたことはない。

勉強はいつか、自分の自立の手助けになることを信じていたから、むしろ勉強に縋り付きたかった。

それなのに、久保田はどうしてそんなことを言うのだろう。

初海にはわけがわからず、かといって「違う」と抗弁できる雰囲気でもない。

それでもとにかく……久保田は自分のことを「怠け者の勉強嫌い」と思っているからこんなにきついのだ、ということだけはわかった。

最初から「厄介な生徒」と思われていたのだ。

そして、何日か一緒に過ごして教えを受けてもその印象が変わらないということは、自分には本当にそういう面があるということなのかもしれない。

そう……悪いのは自分自身なのかもしれない。

でも、じゃあどうしたら？

これ以上、どうやって久保田が満足するような一生懸命さを見せればいいのだろう？

初海は途方に暮れてしまった。


夜の十時に寝室に入ると、初海はへとへとになってベッドに倒れ込んだ。

いつもより疲労の度合いがひどいのは、久保田から「怠け者の勉強嫌い」と言われてショックを受けたせいもあるかもしれない。

それに、ここに来てからずっと、外に一歩も出ていない。

最初に言われたとおり、食堂と勉強部屋と寝室の間をぐるぐるしているだけだ。

頭の芯がじんじんして、疲れているのに頭が冴えて眠れそうにもない。

疲れているのは同じ日程をこなしている久保田も同じはず、それも久保田は初海のためにやってくれているのだから、と思おうとする。

だが、久保田はしばしば「これを三十分で解いて」と初海に課題を与えて席を外し、戻ってくるとタバコのにおいをさせていることがあるから、息抜きはしているのだろう。

「どうして……」

こんなふうになってしまったんだろう、という言葉を初海は呑み込んだ。

何かの誤解があるのかもしれない。

だとしたらそれを解くには、とにかく一生懸命、言われたことをやるしかない。

そうやって、わかって貰うしかない。

自分には、他に選択肢はないのだ。

それでも、この身体ではなく心が感じている疲労感を、どうすればいいのだろう。

ふう、っとため息をついたとき、部屋の扉がノックされ、初海ははっとして身体を起こした。

久保田が、まだ何か言い足りなくてやってきたのだろうか。

「……どうぞ」

おそるおそる返事をすると、

「ちょっと失礼致します」

聞こえたのは意外にも、別荘番の老婦人の声だった。

扉が開き、入ってきた老婦人は、片手に小さなカップの載ったトレイを持っていた。

「お疲れかと思いまして……余計なことかもしれませんが、飲み物をお持ちしました」

穏やかにそう言って、ベッドに近い小さなテーブルにトレイを置く。

泡立ったホットミルクに、はちみつの香りが混じっている。

「……あ、ありがとうございます」

初海は驚いて言った。

老婦人とは……夫婦であるらしい老人とも、ここに来てから一度も、直接会話はしていない。二人とも久保田の指示通りに、なるべく初海の目に触れないように気をつけ、勉強中は気配を殺しているように思える。

だが今、こうして飲み物を持ってきてくれたのは、久保田の指示、という感じではない。

「お勉強、きつうございましょ」

老婦人はちらりと入ってきた扉の方を見て、小声で言った。

「よろしければ、お部屋のほうにこっそり、お好きなお夜食をお持ちしておきますよ」

これは、老婦人の厚意なのだと、初海にはわかった。

おそらく老夫婦は久保田に完全に従うように言われていて、食事のメニューさえ初海の好みを聞けない。だが久保田に内緒で何か食べたいものがあれば、と言ってくれているのだ。

高校生の初海が、当たりのきつい久保田のもとで、ひたすら毎日勉強をしている。

それを見て、同情というか、気遣いというか、そういうものを示してくれているのだとわかり、初海は胸が熱くなるのを感じた。

「……ありがとうございます」

やっとのことで、それだけ言う。

人の優しさが、こんなにも……泣きたいほどに身に沁みる、そのことに驚きながら。

置かれたカップを手にとって口を付けると、ミルクは優しい味がした。

「これ……好きです、嬉しいです」

初海の言葉に老婦人は頷き、

「では明日も用意いたしましょ。カップは明日の朝片付けますのでそのままに」

そう言って出て行きかけ、ふと気付いたように窓の方に近寄った。

「このお部屋は空気が籠もりますね。今夜はいい風が入りますよ」

そう言って、厚地のカーテンをめくり、窓を少し開ける。

すると確かに、そよそよと優しい風が入ってきて部屋を通り抜けた。

「東京とは違いますから、窓は開けたままお休みになっても大丈夫ですよ」

そう言って老婦人はそのまま部屋を出て行く。

その後ろ姿を見送ってから、初海はふと、窓の方に視線を戻した。

カーテンは半分開いている。

そういえば、ここでの生活が始まってから、朝起きたらカーテンを開けることもなく急いで支度して食堂に向かっていた。

昼間、老婦人が掃除をしてくれているようで、その間窓を開けたりカーテンを開けたりしているのかもしれないが、夜部屋に戻ってくるともう閉まっている。

だから、窓の外を眺めてみたことさえなかった。

初海は立ち上がって窓に近寄った。

網戸越しに高原の涼しい風がじかに顔に当たる。

ふと、高辻の別荘で過ごした日も、日が落ちるとこんなふうに涼しかった、と思い出す。

窓の外は暗い。

星空の下に木々の梢(こずえ)がシルエットを作り、そしてその木々の間から、ぽつぽつと周囲の別荘の明かりが見えている。

あの光のどれかが、高辻の別荘かもしれないと、初海はふいに思った。

ここに来てから、高辻のことを考える余裕すらなかった。

老婦人がくれたミルクと優しさが、初海の思考能力をそっと揺り動かしてくれたような気がする。

そうだ、今まさに同じ風が吹き渡っている場所に、確かに高辻と過ごした、あの別荘があるのだ。

そう思うと、初海はふいに「高辻に会いたい」という気持ちが抑えられなくなった。

はじめて初海を「必要だ」と求めてくれた人。

初海の気遣いを喜んでくれた人。

それはあくまでも仕事上のことであっても、初海には「必要とされている」感覚が本当に嬉しくてありがたかった。

ただ、そこを踏み越えてあの人に恋をしてしまったことだけが誤算だった。

自覚していなかった、キスを求める気持ちを悟られてしまったことが、間違いだった。

あの人を好きになっていなければ、まだあの人の傍でバイトをしていられたのだろうか。

それともやはり……長谷川の言いつけのままに、バイトはやめ、ここで久保田の冷たい監督を受けていたのだろうか。

せめて、高辻の気配を感じたい。

高辻の別荘は、ここからそう遠くないはずだ。あそこに行って、あの楽しかった短い時間を思い出して……そうしたら、疲れ切った身体と心が、癒やされるかもしれない。

そう考えると、初海はたまらなくなった。

行ってみよう、高辻の別荘へ。どうせ部屋にいたって、頭が冴えて眠れないのだから。

こっそり行って、こっそり戻ってくればいい。

強い衝動に突き動かされるように、初海は急いで上着を探して羽織り、足音を立てないよう靴を脱ぐ。

別荘番の夫婦ももう自室に引き取ったのだろう、別荘の中は静まり返っている。

靴下で絨毯を踏むと足音は全く立たず、初海は急いで階段を下りた。

玄関の大きな扉に近寄ると厳重に鍵がかかっているが、その脇に、人一人通れそうな小さな扉があって、そちらは簡易的な鍵だ。

それを開けて、そっと外に出る。

そこで、外に出たら履こうと思っていた靴を忘れてきたことに気がついたが、今さら戻ることはできない。

初海は靴下のまま、砂利を踏んで建物から離れた。足の裏に少し痛みを感じるが、それよりも前に進みたい気持ちが勝っている。

門に通じる小道には足下を照らす小さな明かりが点々とついていて、それを辿っていくと門に出る。

ここも、車用の大きな門扉の横に人間用の小さな扉があって、初海はそこから外に辷り出た。

舗装されていない、木々に囲まれた細い道を表の通りに向かって走る。

通りに出てちょっと左右を見回し、一度だけの記憶を頼りに、高辻の別荘があると思われる方向に向かった。

街灯が初海を導いてくれる。

少し迷って戻ったりしながら、気がつくと初海は、高辻の別荘に通じる枝道の前に出ていた。

見覚えのある道を奥に進む。

暗い。真っ暗だ。

だが、辿り着いた門の脇に街灯があり、その奥の薄闇の中に、建物がぼんやりと見えた。

ここだ。

間違いなくここが、高辻の別荘だ。

ここに来て、あの庭で高辻とバーベキューをして。

あの建物の中でコーヒーを淹(い)れてもらって。

あのあたりにあるキッチンで洗い物を手伝って。

高辻の、仕事での厳しい顔とは違う、大人の穏やかさや優しさに触れたのも、ここだった。

高辻の男らしく整った顔、頬に浮かべた笑み、穏やかな声音(こわね)。

ひとつひとつを思い出すと胸が熱くなり、そしてそれを失ったことに胸が痛む。

しばらくの間、初海は門の外にただ立っていた。

どれくらいそうしていただろう。

いくらなんでも戻らなくてはいけないだろうかと、後ろ髪を引かれる思いで向きを変えたとき、表の通りから、ヘッドライトをつけた車が入ってくるのが見えた。

誰だろう？

そう考える間もなく、車はみるみる近付いてきて初海の前で止まり、ヘッドライトが落とされる。

それが落ち着いた赤色の、高辻の車であることに気付いた瞬間、扉が開いて一人の男が飛び出してくる。

「初海くん⁉」

高辻だ。

驚いた声も、初海を見つめる顔も……間違いなく高辻だ。

どうして？

初海は呆然（ぼうぜん）と高辻を見つめ、高辻も同じように初海を見つめ……

そして次の瞬間、高辻は大きく両腕を広げて、強く初海を抱き締めていた。

広い胸と力強い腕とが初海を包む。

「会いたかった——！」

絞り出すように高辻が言い、初海は呆然とした。

会いたかった、と……本当に？　どうして……？

高辻には嫌われたか軽蔑されたかだと思い込んでいたのに、こんな自分に高辻は本当に会いたいと思ってくれていたのだろうか……？

「たかつじさ……」

戸惑いながら小さく初海が呼ぶと、高辻ははっとしたように身体を離した。

みるみるその顔に後悔が浮かぶ。

「すまない……こんなふうに触れるつもりではなかった。きみが嫌なら近寄らない、誓う」

両手を上げて、一歩下がる。

まるで、初海の方が高辻を避けたいと思ってでもいるかのように。

「僕は……そんな、あの、僕の方こそ、高辻さんが不愉快なら、すぐいなくなりますから」

混乱しつつ初海がようやく言うと、高辻は驚きの表情を浮かべた。

「不愉快？　どうして？　私があんなことをしたから、きみは私のもとから逃げた、それは当然のことだ。本当にすまなかったと思っている」

あんなこと？

初海が高辻のもとから「逃げた」のは、キスを望んで……そして高辻を誘ってしまった結果になったからだと思っていたのに、今の言い方だと、高辻のほうが望んだように聞こえる。

「僕は、僕こそ、高辻さんに嫌われたと……思って……」

「どうして!?」

高辻の声が強くなった。

「きみを嫌う？　まさか。きみを傷つけたと思い、後悔しつつ、こんなにもきみに会いたいと思っていたのに？」

初海はわけがわからず首を横に振った。

「僕も……僕も、高辻さんに会いたくて……でも、もうだめだと思って……」

高辻は初海を見つめ、それからほうっと息を吐き出した。

「何か……誤解があったのだと思う。とにかく家の中に入って話さないか、その……きみが嫌でなければ」

家の中に。あの、居心地のいい別荘の中に。

初海はまだ何が起きているのかわからないままに、こくんと頷く。

「じゃあ、とにかく車を中に入れるから……」

そう言いかけて、高辻はふと初海の足下に目を留めた。

「きみ、靴を履いていないじゃないか。その足で、いったいどこから歩いてきたんだ？」

「え、あ」

初海ははっとして自分の足を見下ろした。

白っぽい靴下が土で汚れているのが夜目にもはっきりわかる。

高辻はきゅっと唇を引き結ぶと、

「車はあとだ」

そう言って、初海の膝裏を掬って抱き上げた。

「あの」

「運ぶだけだ」

きっぱり言って初海の弱々しい抵抗を封じ込め、高辻はそのまま別荘の玄関へと力強い足取りで歩んだ。


別荘の中は、記憶通りの居心地のよさだった。

考えてみるとあのバーベキューの日は、ついこの間のことなのに、まるで何ヶ月も何年も前のことのように感じる。

高辻は初海をソファに座らせ、「絶対にここにいてくれ」とまるで初海が逃げ出すのを恐れているかのようにそう言って急いで出て行く。

外で、車を敷地の中に入れるのが聞こえ、初海はほうっと息をついて、別荘の中を見回した。

中央にある大きなストーブ、座り心地のいいソファ、間接照明の穏やかな明かり。

網戸を通して入ってくる、高原の夜の心地いい風。

磯谷家の別荘よりもずっとこぢんまりしていて、一階は広いリビングとキッチンだけの造りだが、居心地は磯谷家の何倍もいい。

高辻はどうしてこんな夜更けにここに現れたのだろう。

この間初海がついていった、この近くの仕事の関係だろうか。

夜遅くなったので、ここで過ごすことにしたのだろうか。

そして初海に会った瞬間「会いたかった」と抱き締めてくれたのは、どういう意味なのだろう。

もしかしたら、高辻も自分と同じ気持ちだったのだろうかと思いかけ、そんなことがあるわけがないと慌てて打ち消す。

たぶん——ただ——アルバイトとしての初海の使い勝手がよかったのに、あんなふうに急に辞めてしまって、その後が大変だったのだ。

人が見つからないとか何かで、初海がいなくなったことを惜しんでくれていたのだ。

けれど、あの切なげな「会いたかった」はそれだけの意味なのだろうか？

早く高辻が戻ってきてくれないと、果てしなくありえない期待が膨らんでしまいそうだと思っていると、扉が開き、高辻が入ってきた。

変わらぬ姿勢で初海がソファに座っているのを見て、ほっとした顔になる。

「いたね。幻だったかと、不安だった」

そう言って高辻は初海に近寄り……そして、初海の足下に膝をつき、初海の顔を見上げた。

「まず、とにかく言わせてくれ。きみがいやだと思うことは何もしない。勝手に触れたりもしない」

いやだと思うこと、の見当もつかず、初海が戸惑っていると、高辻ははっとするほどの真剣な瞳で、初海を見つめた。

「このあいだのあれを、謝らなくてはとずっと思っていた」

「え……？」

この間のあれというのは、キスのことしか思い当たらない。あれ以外にはない。

反応できずにいると、高辻は初海を見つめたまま言葉を続ける。

「私は……いつの間にかきみに、特別な感情を抱くようになっていたのだと思う。こんな言い方をして不愉快に思われると思うが、恋愛感情と言えるものだと、認めなくてはいけないのだろう。きみにこんな気持ちを抱くことなどとんでもないことだというのはわかっている。だが、この間きみにしてしまったことを考えると、それが私の気持ちなのだと説明しなくては謝ることすらできないと——」

「ま、待ってくださ……」

初海は混乱しながら、慌てて高辻の言葉を止めた。

恋愛感情のような、特別な感情？

高辻が初海にしたこと？

逆だ。そんな気持ちを持っているのは初海で、この間の「あれ」を望んだのも初海のはずだ。

だが高辻は、瞳に苦悩を浮かべ、言葉を止めたまま初海の反応を待っている。

本当なのだろうか。

高辻の言葉は、本当なのだろうか。

でも、初海には納得ができない。

「僕は……僕こそ、謝らなくちゃいけないと、思って」

震える声を、ようやく初海は唇から押し出した。

高辻の眉が、わずかに、いぶかしげに上がり、次の言葉を待つ。

初海は思いきって言った。

「あなたのことが好きなのは、僕です。あのとき僕が、その……してほしいと、思ったんです、キ、キス……を」

その一語を口にして、かっと頬が熱くなる。

「……きみが?」

高辻は驚いたように目を見開く。

「僕が、です」

言ってしまわなくてはいけない、と初海は急いで言葉を続けた。

「そういう気持ちを……あなたに悟られて、その、さ、誘ってしまったんだと思って……僕はとんでもないことをしてしまったと思って」

嫌われた、と思ったのだ。

高辻の表情は、訝しげなものから、ゆっくりと驚きのいろに変わっていく。

「……そうなのか？　では、きみが逃げたのは……私にあんなことをされて、不快で傷ついたからではなく……」

「申し訳なくて……恥ずかしくて」

「そう……だったのか」

緊張が解けたように、高辻はほうっと息をついた。

「だとしたらあれは、私たちがともに望んだことだったということか？　私は……そしておそらくきみも、無意識に互いを望んで……そしてともに、あんなことがあってから自分の気持ちに気付き、そしてそれが自分だけの一方的な想いだと信じ込んだ……そういうことか……？」

低い声で、確かめるようにそう言って、改めて初海を見上げる。

初海は、少なくとも自分に関しては、まさに高辻が言うとおりだったのだと認め、頷いた。

視線が、真っ直ぐにぶつかり、そして絡み合う。

高辻の瞳に何か温かく優しいものが宿る。

「ではこれは……私の一方的な想いではないんだな？　きみに触れても、怒られない？」

躊躇（ためら）いがちに伸びてきた手が、膝の上で握り締めていた初海の手に触れる。

その瞬間、触れ合ったところからびりびりっと電気が走ったように感じ、初海は「あ」と小さく声をあげて身を震わせた。

これはなんだろう。

胸の奥に何か熱い塊がせり上がってきて、身体の芯がかっと火照（ほて）るような、この感じは。

高辻の手が初海の手をしっかりと握り、そして軽く引かれた、と思った瞬間、初海は全身の力がへなへなと抜けたように感じてソファからずり落ち……

気がつくと、床の上に膝をつき、高辻にきつく抱き締められていた。

「よかった……」

高辻が、初海の頭の上で、低く呟く。

「きみを傷つけてしまったと……どうやって謝ればいいかと、そればかり考えて夜も眠れなかった」

大人である高辻は、あのキスに対して、初海よりもさらに大きな罪悪感を抱いていたのだと初海は気付いた。

高辻は、わずかに初海を抱く腕を緩めて上体を離し、初海の目を間近で覗（のぞ）き込む。

「……笑ってくれていい、いい年をして、こんな気持ちになるのははじめてだ。きみに傍にいて欲しいと思い、きみの顔を見るのが毎日楽しみで……きみがいてくれると安らげる、寛げると感じていたのが、いつの間にかこんな気持ちになっていた」

声音に含まれる甘いものに、初海は身を震わせた。

高辻の言葉が嬉しくてたまらない。

誰かに求められる、必要とされることの喜びを、高辻が与えてくれた。

その高辻を好きになってしまった自分を責めていたけれど、それは許されることだったのだ。

「僕も……僕も、はじめてなんです」

震える声で、初海も高辻にようやく告げる。

「こんなふうに、誰かを好きになるなんて……」

それが同性であったということが、どこかまだ戸惑いを生むけれど、今こうして高辻に抱き締められている喜びがそんな戸惑いを押しのけてしまう。

高辻の目がいとおしげに細められ、そしてその目がゆっくりと近付いてきた。

キスするのだ、とどうしてか初海にはわかった。

今度こそ……自分の気持ちがちゃんとわかった上での、本物のキスを。

震える瞼をゆっくりと伏せると、唇に温かなものが触れ、そして押しつけられる。

「……っ」

唇で高辻の温もりを感じた、それだけで初海の体温がかっと上がり、身体が頽れてしまいそうに感じて、高辻の背中に手を回し、上着にしがみつく。

押しつけられた唇は、わずかに離れ、角度を変えてまた触れ合う。

キスしてることが嬉しくて、でもこれだけでは物足りない何かを感じて、じわじわと焦れるような気持ちが胸の中に沁みだしてくる。

すると濡れた肉の感触がそっと初海の唇の合わせ目をなぞり、思わず唇を開くと、高辻の舌が忍び込んできた。

歯列を乗り越えて、初海の舌を捕らえる。

頬と耳に血が上り、心臓がばくばくと音を立てて走り出すのを感じながら、初海は本能的に高辻の舌に応えた。

絡み合う唾液が甘い。

「んっ……」

舌をきゅっと吸われた瞬間に、股間に熱い痛みのようなものが走って、初海は思わず声を上げた。

まさか……どうして、いや、理由はわかっている。

けれど、自分の身体が思わぬ反応を示したことに戸惑って身じろぎすると、高辻がはっとしたように顔を離した。

股間に血が集まった、この恥ずかしい反応を悟って高辻が引いてしまっただろうかと思い、思わず、潤んだ目で高辻を見上げると……

高辻は熱を秘めた瞳で、躊躇うように初海を見つめる。

「だめだ、いきなりこんなふうにきみを求めるつもりではなかった」

そのとき初海は、身体が反応を示しているのが自分だけではないことに突然気付いた。

膝立ちで抱き合い、腰の部分が密着して、初海のそこと触れ合っている高辻も、同じように股間を熱くしていることに。

自分だけではないのだと気付き、恥ずかしさはそのままに、何か甘酸っぱい悦(よろこ)びが込み上げてくる。

「高辻さん、も……?」

声を抑えて尋ねたつもりが、自分でも予期しない甘く掠(かす)れた声になった。

高辻はぎゅっと眉を寄せ、初海から身体を離そうとしたが、高辻の上着を摑(つか)んだ初海の手はどういうわけか完全に固まってしまい、まるで高辻を離すまいとしがみついているような格好になった。

「――初海くん、離してくれ」

低い声で高辻が言ったが、初海の手はびくとも動かない。自分でもどうしてなのか、どうすればいいのかわからない。

すると高辻が困ったように、片頬に苦笑を浮かべた。

「離さなければ、襲うぞ。たとえいい年の大人だろうと、男の生理を舐めてはいけない」

男の生理という言葉に、初海ははっとした。

自分のこの反応は、まさにそれなのだ。

好きな人と抱き合っている、好きな人とキスをしている、その先にあるもの。

もちろん初海にはなんの経験もないし、ましてや男同士だ、何をどうするのか具体的に理解しているわけではないが、漠然とした知識くらいならある。

愛し合い、身体を重ねることが、男同士でも可能なのだということくらいは。

自分は今、それを望んでいるということなのだろうか?

——怖い。

その気持ちは、確かにある。

こんなふうに考える自分のことも、その先に待ち受けているのであろうことも、未知であるだけに、怖い。

でもそれ以上に、この人に触れていたい、この人と離れたくない、この人が望むことをしてほしいと思っている自分に気付き、戸惑う。

高辻が襲うと言うのなら、自分が望んでいるのはたぶん……

「じゃあ、襲って……ください」

高辻の言葉にそう答えてしまってから、自分の大胆さとその言葉の思った以上の露骨さに驚いて真っ赤になった。

高辻が一瞬絶句して初海を見つめ……次の瞬間、その瞳に獰猛ないろが宿って、初海をぞくりとさせた。

「……きみに、言わせてしまったな」

優しく甘い声でそう言ったかと思うと、再び唇を重ねてくる。

すぐに舌が忍び込み、初海の舌を搦め捕り、吸い上げ、口蓋を舐め、その動きが優しさから激しさに変わっていく。

初海は頭がぼうっとして全身の力が抜け、ぐったりと高辻に身を預けた。

やがてゆっくりと舌が退き、唇が離れた。

「本当は、きみに尋きたいことが山ほどある。きみがどうして今夜、ここに現れたのかとか……私もきみに言わなくてはいけないことがいろいろある。だが」

高辻は初海の額に自分の額をつけ、囁(ささや)いた。

「その前に私は、きみが欲しい……いいか？」

欲しい。

心ごと身体ごと……初海という存在を欲してくれる。

その言葉が、初海の全身を甘く痺(しび)れさせる。

具体的な行為は想像もできないし、怖いと思う気持ちが完全に薄れたわけでもない。

けれどそれ以上に、高辻に求められていることが、たまらなく嬉しい。

そして初海も、言いたいこと、聞きたいことはあるけれど、その前にこの、未知の身体の熱がどういうものなのかを、知りたい。

自分の前に横たわる躊躇いの溝を跳び越えた先には、何があるのだろう。

少なくとも、今よりも深く高辻を知ることになるのは間違いない……そう思うと、初海は思いきって頷いた。

羞恥に瞼を伏せながら。

高辻は目を細めてそんな初海を見つめ……

「上に行こう」

そう囁くと、初海を抱き上げて立ち上がり、ゆっくりと寝室に通じる階段を上りはじめた。

広い寝室には、大きなベッドが一台だけ置かれていた。

初海をベッドに下ろし、高辻はベッドサイドのテーブルに置かれたライトをつける。

互いの表情がわかる程度のほの暗さだ。

横たえられた初海の身体に、高辻が覆い被さってくる。

唇を重ね、初海もようやく、おずおずと高辻の舌に応えることを覚えていく。

服の上から、高辻の大きな手に自分の身体のラインを確かめるようにまさぐられると、それだけで息が上がっていき、身体の熱が高まる。

何度か姿勢を変えながら、高辻はズボンの中で窮屈になっていく自分の昂ぶりを初海のそれに押し付け、初海もそれを感じてじっとしていられず、思わず腰を揺らめかせる。

シャツの裾を抜かれ、熱い掌が素肌を這うと、初海は思わず吐息を漏らした。

こんなにも誰かと触れ合いたい、誰かに触れられたいと思うのは、生まれて初めてだ。

この欲はどこから生まれてきて、自分をどこに運んでいくのだろうと戸惑いながらも、高辻の掌の感触は、初海の胸を甘く疼かせる。

痩せた身体の肋骨を数えるようにゆっくりと撫で上げた指が、片方の乳首の上をかすめた瞬間、びくりと身体が跳ねる。

悪戯するように指先が何度か乳首の先を軽く擦り、それからきゅっと押し潰し、次には二本の指でつまみ上げると、初海の背中がじりじりとのけぞって、まるで高辻の指に胸を押しつけるようになってしまう。

「んっ……っ」

重なった唇の間から息と一緒に声が洩れる。

どうしよう。恥ずかしい。

自分の反応は間違っていないのだろうか、自分も何かするべきなのだろうか、このまま高辻にすべてを任せるべきなのだろうか。

頭の中でそんな疑問が浮かんでは、高辻の優しい口付けによって、脳の隅に追いやられていく。

高辻は初海のシャツのボタンをはずして前を開き、赤みを帯びて勃ち上がった乳首に唇をつけると、ちゅっと吸った。

「あ」

ささやかな乳首が思いもかけず敏感になっていることに、初海は戸惑う。

男の自分が、そんなところで……そう、感じているのだ。

「かわいい乳首だ」

高辻がそう囁いて、もう片方を摘まむ。

片方を舌先で、片方を指で弄られて、じんじんと痺れて、初海は思わず首を左右に打ち振った。

やがて高辻の手がズボンのベルトにかかり、片手でファスナーをゆっくりと引き下ろした。

下着ごと下ろされて、初海は思わずあらわになった部分を両手で隠そうとしたが、高辻の手が優しく阻止する。

初海が視線を向けると、もう半ば以上勃ち上がったものが高辻の目の前で震えていて、自分の目でそれを見てしまった瞬間、さらにゆらりと体積を増したのがわかった。

恥ずかしくてたまらない。

これまで経験したことのない恥ずかしさなのに、さらに煽られているような感じで、わけがわからない。

高辻はゆっくりと両脚からズボンと下着を引き抜き、それから靴下に手をかけた。

靴下は、靴を履かずにここまで走ってきたせいで、かなり汚れている。

それを丁寧に脱がせ、高辻は片足の足首を持って軽く持ち上げた。

「怪我をしていなければいいが……大丈夫かな」

初海の足の裏に視線を這わせ、

「かわいそうに、少し赤くなっている」

そう言って、初海の片足を片手で優しく包み……それからそっと、すねのあたりに唇をつけた。

「っ」

ぞくりと身体に震えが走って息が引き攣る。

高辻は初海の膝に唇を移動させ、舌先で軽く舐めた。

「やっ、あっ」

濡れた舌の感触が、思いもかけず生々しくて、初海は思わず声を上げた。

人間の舌先が、これほどに優しく甘い感情を伝えることへの驚き。

そしてそれを肌の上だけではなく、全身に伝わる甘い痺れとして受け止めている自分。

高辻はそのまま、膝、膝裏、そして腿の内側を、初海の肌の隅々までいとおしいというように ゆっくりと舐め上げていく。

初海は、息が上がっていくのを感じながら、怖いような思いで、高辻が辿り着こうとしている場所を意識した。

そこに辿り着いたら、どうするのだろう。どうなるのだろう。

高辻は、淡い叢に辿り着くと、柔毛を唇で柔らかく食み……そして、鼻先で初海の勃起をつつき、そしてゆっくりと舌先で幹を舐め上げた。

「あっ」

まさかと思いつつ予期していた愛撫は、想像以上の刺激だった。

根元をやんわりと握って扱き上げながら、先端を舌でくるまれると、腰の奥が蕩けそうな快感に襲われる。

「や、あっ……だめ、あ、あ」

自分でするのだって、ごくたまに、布団の中でこそこそと急いですませていただけの初海にとって、高辻の導きはあまりにも甘美すぎ、あっという間に上り詰めていく。

このままだと、高辻の口の中に出してしまう。

恐怖を感じて初海は腰を捩った。

「だめ、はなし……あ……っ！」

促すように強く扱かれ、腰の奥にわだかまっていた熱が、一気に出口を求めて飛び出していく。

びくびくと身体をのけぞらせながら達してしまい、高辻は躊躇いなくそれを全部呑み込んだ。

「……はっ……あ……っ」

息を切らせながら、初海は涙目で高辻を見る。

すると高辻は、身体の位置をずらして真上から初海を覗き込んだ。

その唇が濡れて光り、わずかに白いものが付着しているのを見て、初海はいたたまれなくなる。

「ご、めんなさっ……」

「どうして謝る？　私が、初海に感じて欲しいと思ったからしたんだ」

初海、と「くん」付けでなく呼ばれ、その距離の近さに覚えた幸福感に、胸が詰まる。

高辻はそっと初海の髪を撫でた。

「だが……ここまでにしておく？　あまり焦って急ぎたくはない。きみを……大切にしたいと思っているから」

目を細めて初海を見つめながら、高辻は優しく言った。

だが初海は、その言葉に驚いて、思わず首を振った。

「だって……僕だけ……こんな」

高辻だって間違いなく欲情していた。今だって、ズボンの前が張り詰めているのがわかる。

それなのに、大切にしたいから……我慢すると言ってくれている。

気持ちは嬉しいけれど、それは初海の望みとは違う。

「もっと……ちゃんと、高辻さんも……」

高辻は目を見開き、それから初海の首のあたりに顔を埋め、くぐもった声で言った。

「どうも……さっきから私は、きみに結論を出せと強いているんだな、すまない」

首筋に軽く口づけてから、顔を上げる。

「では私は、今からきみを、本当に私のものにする。いいね？」

高辻の目には、隠すことのない欲望の熱がありありと見え、初海はまた、身体の芯に新しい熱が点るのを感じた。

間違いなく高辻は自分を求めてくれている、それが泣きたくなるほど嬉しい。

視線を絡ませ、唇を重ね……

高辻はまた初海の全身を、先ほどよりは性急に愛撫しだした。

胸から腹へと口付けを下ろし、それから足の付け根をきゅっと吸い上げ、そして初海の両膝を持って、胸の方に押し付ける。

「あ……」

恥ずかしい場所を高辻の目の前にすべてさらす格好になって、初海は羞恥に震えつつも、再び自分の欲望が力を持ち出すのを感じた。

高辻はそこには触れず、さらに奥へと顔を近寄せた。

「……っ、ひゃっ」

ぬるりとそこを舐められる異様な感触に、初海は思わず声を上げた。

だめだ。汚い。申し訳ない。

頭の中にそんな言葉が渦巻いているのに、高辻は躊躇いなくそこに舌を這わせ、唾液を塗りつけ、舐め蕩かしていく。

「だ、だめ……やっ」

「だめ？　本当に？」

高辻の声が笑いを含んでいる。

尾骶骨からぞわぞわした不思議な感覚が背筋を駆け上っていくのを感じ、初海は、そんなところを舐められて自分は感じているのだと知った。

頭では恥ずかしくて逃げ出したいと思っているのに、身体は抵抗にはほど遠い動きで、焦れるように腰を動かしてしまうだけだ。

高辻の手がそこを両側に押し広げ、身体の内側まで舐められているように感じる。

やがて高辻の指がゆっくりと入ってきて、内壁をぐるりと撫でたときにも、初海はただ声もなく首を左右に打ち振るしかなかった。

送り込まれた唾液で内側を濡らしながら、指は奥へと入ってくる。ぐるりと回して中を押し広げ、一度抜き去られたかと思うと、二本になり、三本になってまた入ってくる。

「はっ……あっ、あぅ……っ」

浅い呼吸を繰り返しながら、初海は自分の中が勝手に蠢いて、高辻の指を誘い込んでいるような感覚を覚えた。

全身がじっとりと汗ばんで、水を含んだスポンジのように湿っていくのがわかる。

頭の中が熱で白く染まって、何も考えられなくなる。

やがて、じゅぷっと音を立てて指が引き抜かれた。

高辻の身体が離れていく気配にはっとして、いつの間にか固く閉じていた目を開けると、高辻は着ているものを脱ぎ捨てているところだった。

服の上から想像していたよりもさらに逞しく男らしい、象牙色の、筋肉質の身体。

スタンドの明かりが陰影を造り出す、肩から胸にかけて滑らかに乗った筋肉の流れは美しく、そして引き締まった腹部のさらに下には黒々とした叢から、すでに完全にかたちを変えた勃起が聳え立っている。

その、自分のものとはまるで大きさの違うものを目にして、初海は思わずごくりと唾を飲んだ。

同性の興奮したものを見るのは生まれてはじめてで、そしてそれが自分の欲望をかき立てることに驚く。

高辻が初海の脚の間に身体を進めてきた。

「初海……いいね？」

高辻の抑えた声に紛れもない欲望の響きを感じ、初海はこくりと頷く。

舐め蕩かされた部分に、ぴたりと硬い熱いものが押し当てられた。

あれが……自分の中に入るのだ。

無意識に身構えた初海の内腿を、高辻の掌が優しく撫でる。

「力を抜いて」

そう言って、ぐっと高辻が腰を進めると——高辻のものが初海の中に押し入ってきた。

指とはまるで違う、大きな熱の塊。

「あ……」

息が詰まる。苦しい。

そう思いながらも、必死で初海は、自分の中に進んでくる高辻を意識し、受け入れようとした。

「っ……はっ……あ、あっ……あ！」

突然、何かの壁を越えたかのように、高辻が初海の奥まで入ってきた。

「初海、初海、大丈夫か？」

高辻が初海を呼びながら、ゆっくりと初海の上に身体を倒してきて、繋がりがじわりとさらに深くなる。

「あ……」

重なる素肌。

高辻の体温を直接皮膚に感じ、初海はふいに、自分たちが繋がっているのだと実感した。

初海を見下ろす高辻は、堪えるように眉を寄せ、気遣うように初海を見つめている。

その、男らしく整った顔が、おそろしく艶っぽく見える。

「あ……たかつじさ……！」

思わず両腕を伸ばして高辻の首にしがみつくと、高辻は腕を初海の腰の下に回し、ぐっと抱き寄せてくれる。

「初海、わかるね？　初海の中に私がいる」

わかる、高辻の大きさが、熱が。脈動が。

自分の中に、はっきりと感じ取れる。

自分を求めてくれる人が……こんなにも深く、自分の中に。

想いを確かめ合い、自分の奥深くを誰かに許すというのは、こういうことなのだ。

「痛かったら、言って」

高辻がそう言って、ゆっくりと腰を揺すった。

「くっ……ふっ」

初海の声の中に苦痛はなく、ただ甘い戸惑いがあることを感じ取った高辻は、小刻みな抜き差しから、次第に深く大きな動きで抽送をはじめた。

初海も本能的に、腰の動きを高辻に合わせる。

擦られる内壁から生み出される熱が、初海の全身に広がり、汗となって皮膚から滲(にじ)みだし、高辻と触れ合った部分すべてから、また新たな熱となる。

腰の奥から次々に生み出される「何か」が全身の血管を通って、脳に届く。

そして突然、初海はそれをはっきり「快感」と意識した。

「あ……あ、あっ……」

声のいろがはっきりと変化する。

高辻の腕が初海の腰を抱え直し、腰の動きが確実に快感を送り出す確信的なものに変わった。

浅く引いたかと思うと、ぐっと突き入れる。

そのたびごとにさらに奥へと踏み込む。

その切っ先で内壁を抉(えぐ)り、初海の声が変わる場所を探す。

「ひゃ、あ……っあああ、やっ」

探し当てた前立腺の裏側を強く擦られ、初海の脳裏が真っ白に弾けた。

「あ……ああ、あ、い、それっ……いいっ……っ」

快感を告げる言葉は一度迸ると止まらなくなった。

「初海……中が、すごい」

高辻の声もわずかに上擦って掠れている。

彼も自分の中で、感じてくれているのだと思うと、初海は泣きたいような幸福感に包まれた。

求め、求められる。

愛し、愛される。

自分の人生に、こんな瞬間が訪れるなどと想像したこともなかった。

そんな想いすら、激しくなる動きに押しやられて、何も考えられなくなっていく。

「は……ぁ、ああっ……んっ、くっ……うぁ……あ、んっ」

高辻に奏でられる楽器のように、ただただ揺すられて、初海は我を忘れて声を上げる。

腹の間で擦られている初海の性器は、またいっぱいに張り詰めている。

やがて高辻の動きが、制御できなくなったように激しくなった。

「初海……初海、いくよ、いいね……？」

その言葉を頭の片隅でわずかに理解し、初海は高辻の汗に濡れた肩にまたしがみついた。

初海の中で膨れあがったものがふいに動きを止め、そして次の瞬間痙攣し、熱いものを中に吐き出す。

それを感じた瞬間、初海もまた、触れられもしないで二度目の精を放っていた。


身体が重怠い。

そして心も、なんだかけだるい幸福感に満たされている。

この幸福感の源はいったいなんだろう。

ぼんやりした頭でそう考え、次の瞬間初海ははっと目を開けた。

見覚えのない木組みの天井。

高い窓からはさんさんと日差しが降り注いでいる。

そうだ……！

昨夜のことを思い出して初海は慌てて身体を起こした。

広いベッドの上に一人……高辻の姿はない。

耳を澄ましてみても、一階からも誰かいる気配は聞こえてこない。

夜中、何度か高辻の腕に抱き寄せられ、裸の胸に頬をつけた感触は覚えているけれど……

高辻はどこに行ったのだろう。

ベッドから降りようとして、腰の奥の鈍い痛みの原因に思い当たって思わず赤くなりつつも、初海は部屋の隅にきちんとまとめられてあった自分の服を身につけ、汚れた靴下を手に持って、そろそろと階段を下りた。

動いているうちに、きしんだ場所に油を差したかのように、なんとか身体が動くようになってくる。

一階のリビングも無人で、テーブルの上に紙が一枚置かれていた。

高辻のメモだ。

『用事をひとつ片付けてくる。午前中には戻る』

かっちりとした字で、愛用している万年筆で書かれているのがわかる。

壁の時計を見ると、朝の十時だ。

ずいぶん寝坊をしてしまった、九時には家庭教師の久保田との勉強をはじめなくてはならないのに……とぼんやり考えてから、初海はぎょっとした。

そうだ。

昨夜、磯谷家の別荘を無断で抜け出し、そのまま……今頃、初海がいないとわかって大変な騒ぎになっているかもしれない！

とんでもないことをしてしまった。戻らなければ。

だが、高辻のことはどうしよう。

午前中には戻るというのなら、高辻を待って、事情を説明してからのほうがいいだろうか？

しかしその間にも、磯谷家の別荘では心配もしているだろう。

もし警察に届ける、というような騒ぎになってしまったら大変だ。

それにとにかく。非は自分にある。

戻って謝らなければ……それがまず第一だ。

だが、初海の胸には大きな不安があった。

磯谷家の別荘に戻ったら、当然今までと同じように、久保田に管理された缶詰生活になる。

初海の立場としては、それは当然のことだ。

そうなったら、ここには戻ってこられない……高辻のもとへは。

生まれて初めて求め、求められ、心と身体の両方を重ね合わせた人のところへ。

だが、高辻に連絡を取る方法はあるはずだ、会社の連絡先がわかっているのだから。

それに……昨夜高辻と一緒だったことが久保田にわかれば、高辻にとんでもない迷惑をかけてしまう可能性もある。

初海の背中を押したのは、その心配だった。

今すぐ、帰らなくては。

せめて高辻に何かメモを残したいと思って見回すが、筆記用具のようなものは何もない。

高辻が使った愛用の万年筆は、いつも身につけているはずだ。そしてこの別荘の中には、文字を書くために使えそうなものは何もない。

初海は焦って冷蔵庫の中まで見てみたが、ほぼからっぽだ。

ふと窓の外に目をやると、庭に花が咲き乱れているのが目にとまった。

そうだ、とにかく初海が高辻のメモを見たのだというしるしになればと思い、靴下を履いて庭に出ると、さっと見回した中で一番気に入った、かわいらしい紫がかったピンク色の花を摘む。

高辻への想いを込めて花に口付けしてから、メモの上にその花をそっと置き……初海はまた靴下のままで、急いで高辻の別荘の門を出ると、磯谷家の別荘に戻る道路に向かった。


別荘に戻ると、車用の門は大きく開け放たれていた。

何か騒ぎになっていたらどうしようと思ったとき、背後から車の音が聞こえたような気がして、初海は振り向いた。

表の道路からこの別荘に通じる路地に入ってくる車には、見覚えがある——弁護士の長谷川の車だ。

どことなく苦手な長谷川の顔を思い出して、初海はとっさに玄関に駆け込んだ。

扉の脇にあるシューククロークに入って自分の靴を探しながら、まず自分の部屋に戻るべきか、まず久保田を探すべきかと迷う。

その時、開け放ったままだった玄関から早足で長谷川が入ってきて、そのまま玄関脇にある、初海が使ったことのない部屋に飛び込んでいった。

「遅くなりました、いなくなったとは……どういうことです⁉」

長谷川の声に、初海は、やはり自分のせいで駆けつけてきたのだと悟った。

大変だ、とにかく、入っていって謝らなくては。

慌てて半開きになった扉に近付くと――

「そのままです、昨夜のうちに、姿を消したんですよ」

久保田の声に重ねて、

「私が来ると知って逃げ出したのではないのか」

不愉快そうな、第三の人物の声がして、初海はぎくりとした。

これは……この声は……？

「当主がおいでになることは、彼には話しておりません」

久保田の声に再度重ねて、

「別荘番はなんの仕事をしていた。きみたちもまるで気付かなかったのか」

第三の男の声がまた聞こえる。

初海は思わず、扉の陰へたり込みそうになった。

これは――高辻の声だ……！

初海が聞いたことのない不愉快な響きを含んだ厳しい声だが、高辻の声を、初海が間違え

るはずがない。

「明け方、門が少し開いているのに気付きましたときには、もう……」

その場に別荘番夫婦もいるらしく、老人のほうがおろおろした声で答えている。

「それで？　誘拐などではなく、自発的に姿を消したのは確かなのか？」

高辻の険しい問いに、久保田が答えた。

「防犯カメラに、夜中に抜け出す姿が映っていましたから、自主的に抜け出したのは確かです」

「東京の屋敷にも戻っていないようです。もし戻れば、すぐに私に連絡が入ることになっています」

長谷川も言葉を重ねる。

「彼はこのあたりに土地勘はあるのか？」

高辻が尋ねている。

「いいえ、そんなことは聞いていません、ここに来てからも外出はしていませんし」

「全く……！」

高辻のため息。

「何が不満だったのだ？　やはり勉強をいやがっていたのか？　報告では、夏休みに受験勉強もせず、家を空けて遊びほうけているから対応した、ということだったが、そういうことならやはり、全く向学心も感謝もない子どもだというわけなのか?」

「申し訳ありません。彼のことに関しては、当主をわずらわせることなく対応するよう承っておりましたのに、このようなことになりまして」

長谷川が謝っている。

初海は、部屋の中まで聞こえるのではないかと思うくらいに心臓がばくばくしだすのを感じていた。

間違いない、部屋の中にいるのは高辻だ。

そして……今の会話からすると、高辻その人が、初海の保護者なのだ……!

名字は違う。

けれど長谷川とのやりとりは、疑いようがない。

そして高辻は「親のない子を引き取っている」と言っていたではないか。

高辻の話だと初海よりもいくつか年下という感じだったけれど、初海のことを大学生だと思っていたのだから、高校生なら年下、ということにはなる。

そして、家に寄りつかず遊びほうけてばかりいる、と悩んでいた。

それが初海のことならば……高辻は初海に関して、長谷川から報告を受けたことだけしか知らないはずだ。

初海がバイトをしているのを、長谷川が遊んでいるのではと疑って、そのまま報告をしていたのだとしたら。

それに高辻は確か、その子と話をしたことがない、とも言っていた。

つじつまは合う。

そして――

初海は、高辻が「その子」について語っていた、あの言葉を思い出した。

「憎んでいる」と、言ったのだ。

その子のせいで大切な人が亡くなり、それを忘れることができないのだと。

初海のせいで、高辻の大切な人が亡くなった、ということだ。

初海に思い当たることはないが、それでも、あの高辻の苦悩は確かだと思う。

「おそれながら」

おずおずとした別荘番の老婦人の声が聞こえ、初海は会話に意識を戻そうとした。

「あの坊ちゃまは、お勉強がお嫌いなようにはお見受けしませんでした」

思い切ったように老婦人は訴える。

「大変そうでしたけれど一生懸命でしたし、お食事の際にも礼儀正しく挨拶してくださいますし、本当にいいお子さんで……旦那さまがたがおっしゃるような、向学心も感謝もないなどという感じではまるで」

老婦人が庇ってくれている言葉に、初海の胸がぎゅっと痛んだ。

初海を気遣って、昨夜は久保田に内緒でミルクを部屋に持ってきてくれて……初海が久保田のきつい監視のもとでも、なんとか頑張ろうとしている姿をちゃんと見ていてくれた人が、ここにいる。

だが初海は、そんな人まで裏切り、困った立場に追いやってしまったのだ。

「そんな話は今は結構」

長谷川がそっけなく遮った。

「それで、どうしますか？　警察には届けますか？」

長谷川の問いに、

「任せる。とにかく私は、今回はこんなことにわずらわされるためにここに来たのではない。一度くらい様子を見るべきかと思ったのだが、無駄足だったな」

高辻が答え、その声の険しさが初海の心に突き刺さる。

「とにかく私は一度、あちらに戻る。もし彼が……ええと、なんと言ったかな、名前は」

初海は耳を塞ぎたくなった。

名前さえ知らない。

高辻は、引き取った子の対応は長谷川に任せ、自分では名前すら知ろうとはしていなかった。

それが、高辻が「憎んでいる」ことの確かな証拠だ。

そして高辻が憎んでいる相手は、他の誰でもない、自分なのだ……！

それが初海だとわかったら？

大切な存在だと思った相手が、本当は憎んでいる相手だったとわかったら？

しかも、初海は大学生だという誤解をまだ解いていない。

憎んでいる相手が、嘘をついて、自分のところでアルバイトをしていたと――結果だけ見たらそういうことになる。

高辻は初海に対し……怒りとか、驚きとか、失望を感じるだろう。

そしてもともとの「憎しみ」を足せば……昨夜確かめたと思った想いなど、吹き飛んでしまうかもしれない。

だめだ。

高辻に自分が「その子」だと知られて、なお高辻の前に出るなんて、できない。

初海は後ずさった。

廊下に敷いてある毛足の長い絨毯の上は、靴下のままだと全く足音が立たない。

きびすを返して階段を駆け上がり、初海は自分の部屋に飛び込むと、目についた自分の荷物を大急ぎでまとめ、部屋に置いてあった靴を持つ。

玄関脇の部屋からは相変わらず長谷川と高辻の会話が聞こえていて――

初海はそのまま、玄関から飛び出していた。

どこへ行こう。

とぼとぼと駅まで辿り着き、初海は改めて、持ち出してきた荷物の中身を見た。

とっさに財布は入れたが、中身は二万円ほどしかない。

磯谷家からの小遣いは手をつけずに東京の屋敷に置いたままだ。

高辻のところでのバイト代は受け取っていない。受け取れるものでもない。

財布の中にあるのは、磯谷家に移ってからの、カフェのバイトで得たお金だけだ。

とりあえず、ここを離れて考えをまとめなくてはと思い、初海は東京方面に向かう各停の電車に乗った。

東京に戻って……どうすればいいのか。

たとえば、磯谷家の屋敷に戻ったら……?

家政婦の染谷から連絡が行って、長谷川が——もしかすると高辻も一緒に、戻ってきたら、どうなる?

高辻は今頃、初海の名前を聞いて、自分が「その子」だとわかっているだろう。

その結果高辻の顔に浮かぶ表情を見るのは辛いし、それでは今あの場から逃げ出してきた意味がない。

では……磯谷家の屋敷に戻らなかったら?

このまま「家出」をして、一人で生きていくことはできるだろうか？

世の中には、高校を出て独り立ちしている子どもだって大勢いる。

施設にいた年上の子どもは、皆そうしていた。

だったら……半年ばかり早いけれど、初海にだってできないわけはない。

だが、当座住むところもない、高校もちゃんと卒業していない、そんな自分が働く場所はあるだろうか。

施設に戻っても、現在の正式な保護者は高辻……どうして「磯谷」でないのかわからないけれど、彼だ。施設から絶対に連絡が行く。

そうしたら高辻は、初海をどうするだろう？

そうでなくても「憎む」理由のある自分が、反抗的で恩知らずだとわかって、保護者であることをやめるかもしれない。

または……初海を引き受けた義務感で、最初の言葉通り大学までは出してくれるかもしれない。

けれど初海には、そのほうがむしろ辛い。

はじめて初海を必要としてくれた人、求めてくれた人、心を通じ合わせたと思った相手が、初海に対して今までと全く別な顔を見せるであろうことが。

高辻が、初海が誰であるかを知らずに示してくれた愛情が、持続するとはとうてい思えない。初海にはとてもそんな自信はない。

初海が知らない「初海のせいで高辻の大事な誰かが亡くなった」という事実や、初海が嘘をついてバイトをしていたという事実は消えない。

高辻が自分に抱いてくれた想いが、そういったマイナス要素に勝てるような自信は、持てはしない。

むしろ、一度でも初海に愛情を抱いたことを後悔さえするかもしれない。

——だめだ。

そんな状態で、高辻に世話になることなど、絶対にできない。

自分を見ることで彼に不愉快な思いをさせたくないし、そんな高辻を見るのも辛い。

初海は、昨夜のあの幸福感を思った。

あんなに幸せな一夜。

自分の人生に、あんな瞬間があるとは思わなかった。

手にしたと思ったらすぐに手からこぼれ落ちてしまったけれど、それでも、ほんのいっとき、甘く優しい夢を見させてくれただけでも、高辻には感謝しなくてはいけない。

素肌を重ねたあの陶酔感を思い出し、初海はぶるりと身体を震わせ……乗客の少ない電車の中で、溢れてくる涙を抑えることができず、両手で顔を覆った。

一週間ほど、初海は都内をさまよい歩いた。

持ち出した荷物の中には生徒手帳などの身分証明書は何もなかったので、それが不要なネットカフェを探し当てて泊まり、まずはアルバイトを探す。

だが思った以上に、「仕事を探して自立する」ことは大変だった。

もちろん、身分証明書がないことは大きい。

そして高校生だと言うと必ず「身元保証人」を求められる。

ある意味おおざっぱな店長が採用してくれたカフェのバイトでさえ「形式だけど一応ね」と保護者の名前を求められた。

そう考えると、高辻が「こちらから頼んだのだ」と言って履歴書も保証人も求めなかったというのは、本当に特別なことだったのだとわかる。

初海という人間の気遣いや雰囲気を気に入り、それだけを基準に使ってくれたのだ。

だが今こうしてせめて日雇いのバイトでもと思いながら探してみると、初海が応募できそうな、まともな仕事はまずない。

ネットの求人で出てくるものでも、どことなく怪しい雰囲気のものばかりだ。

水商売系の仕事に飛び込むしかないだろうかと決意を固めかけたとき、初海はふと、その前にひとつだけ頼ってみようか、という場所を思いついた。

ずっとバイトしてきたカフェだ。

店長が海外に行くので店を閉めるというのは、八月と九月だと言っていたが、正確な日時は聞いていない。

もしかして早めに戻って店を開けるようだったら、またあそこでバイトができるかもしれない。高辻に見つかる危険はあるにしても、最後の手段として。

一縷の望みを託し、交通費をなるべく節約しながらカフェへと向かったのは、蒸し暑い夕暮れ時だった。

オフィス街と繁華街の狭間にあって人通りは少なくない場所にあるカフェは、シャッターが降りていて、「当分休業」という張り紙が張り出されたままだった。

やはりだめか、とがっかりしながら初海は少し迷い……やがて繁華街の方に足を向けた。

その繁華街にも、いくつか身分証不要の求人をしているところがあったのだ。

ホール、ボーイ、などと書かれていて、おそらく深夜まで営業している酒を出す店なのだろうとだけ見当がつく。

カフェがだめなら、そちらに行くしかない。

そもそも、電話もしないでいきなり「仕事をさせてください」と飛び込むわけにもいかないけれど、せめてどんな場所にあるどんな仕事場なのか、雰囲気だけでも見ようと思ったのだ。

おそるおそる、すでにけばけばしい光を放つ看板が連なっている通りに足を踏み入れ、迷いながら歩いていると、次第に細い路地に迷い込んでいく。

日は完全に暮れ、店の前に立つ男たち、早くも一杯飲んできたような男たちなど、これまで初海には縁のなかった雰囲気に、不安になってきて、初海は次第に後悔しだした。

やはり……こういう場所でのバイトはやめたほうがいいだろうか？

でも他に方法はないのだと思い直す。

不安げに看板を見上げながら歩いている初海に、ふいに一人の男が声をかけた。

「何か探してるの？」

黒ズボンに黒のベスト、蝶ネクタイを締めた、若い男だ。

「え……あの」

「遊びに来た感じじゃないよね、もしかして仕事探してる？」

男は馴れ馴れしく初海の肩に手を置く。

「さっきからこの辺うろうろしてたじゃん。なんか困ってるなら手貸すけど？」

これは、純粋な親切なのだろうか、と初海は戸惑った。

「ええと……あの」

「家出だろ？」

男は声をひそめて笑い、初海はぎくりとした。

やはり、わかるのだろうか。

仕事を探すなら少なくとも不潔ではいけないと思い、下着とTシャツだけは安物だが着替えを一組買い、ネットカフェのシャワールームで洗ってはいる。

だが、シャワーも毎日という贅沢はできないし、綿パンは穿(は)いたきりだし、食事も一日一食ですませているし、何よりもまともな布団で寝ていないことで、全体にくたびれた感じが出ているのだろう。

そして顔に滲み出る不安。

家出ではない、戻るべき家を持たないだけなのだと言っても意味はない。

男はにやにやしながらさらに声をひそめる。

「きれいな顔してるじゃん？　押しが弱そうだからオンナ相手は苦手かな。おっさん相手なら稼げそうだけど、そんな感じ？」

意味ありげな言葉だが、よく意味がわからない。

それよりも初海は、男から発散されるうさんくささに、頭の中で警報が鳴るのを感じた。

なんとなく、近寄ってはいけないという雰囲気だ。

「す……すみません、失礼します」

後ずさりすると、男の手はあっさりと肩から離れる。

「もう一周してきたら声かけて」

そう言って男は笑い、初海は慌ててその場を離れた。

すると、数十メートル離れたところで、中年の二人の男が初海の前に立ちはだかった。

「きれいな子はっけーん」

二人とも酒臭い。

「な？　さっきすれ違ったとき、色っぽい子だと思ったんだ」

「へー、ほんとだ」

「おじさんたちと遊ぶ？　二人一緒でいいなら、これだけ出すよ」

一人が指を二本立ててみせる。

金額のことなのだろうか、何かすればお金をくれるというのだろうか、だが二人一緒というのはどういう意味だろう？

戸惑っていると、男たちは両側から初海の肩を抱いた。

「オッケー？　裏通りのホテルでいい？」

ホテルという言葉に、初海はぎょっとした。

二人の男と一緒にホテルに行く。

いくらなんでもこれが、まともな誘いでないことくらいはわかる。

「すみませ……僕」

さきほどの男のときと同じように後ずさりして逃れようとしたが、男たちは初海の肩を抱いたまま離さない。

「え？　何？　足りないなら割り増し考えるよ」

「怖いことはしないからさ」

そう言いながらぐいぐいと初海を、裏通りのほうに連れて行こうとする。

「離してください、離して！」

「もったいぶるなよ、え？　どうせ客探してたんだろ？」

男の一人が、いきなりどすのきいた声ですごみ、初海はぎょっとした。

怖い――――！

「離してください、離して……！」

振り回そうとした腕をぎゅっと押さえられ、恐怖にすくんだとき。

「離せ！」

よく通る、力強い声が響いたかと思うと、突然腕が自由になった。

一人の、スーツ姿の男が、初海を挟んでいた男たちを両側に引きはがしたのだ。

「なんだお前は！」

「この子の保護者だ。未成年に何をしようとした？　警察に行くか？」

鋭い声に、男たちははっとしたように顔を見合わせ、

「くっそ……保護者つきで来んなよ」

捨て台詞（ぜりふ）を吐いて、そそくさと立ち去っていく。

そして、スーツ姿の男は初海と向かい合った。

初海には……最初の声だけで、相手が誰だかわかっていた。

逃げ出さなくてはと思うのに、足が動かない。

高辻は――もちろんそれは、高辻だった――初海を見つめている。

息を切らし、汗が滲んだ額に、乱れた前髪が張り付いている。

少し頬が削げ、顔色があまりよくない。

高辻は焦燥と怒りと、安堵がないまぜになった瞳で初海を見つめたかと思うと、

「どれだけ心配したと思っている！」

突然初海に向かってそう怒鳴りつけ、初海はびくりと身を震わせた。

「カフェの前で見かけた気がして、追ってきてみたら……こんなところで、あんな連中に
……！」

初海の姿を見て追いかけ、走り回って探してくれたのだとわかり……初海は、目の前が滲み、ぽろぽろと涙が頬にこぼれ落ちるのを感じた。

どれだけ優しい言葉をかけられるよりも、高辻が初海を思い、心配してくれたことが、そして必死に探し回ってくれたことが、嬉しかったのだ。

あれほど高辻の前から姿を消さなくてはいけない、高辻に合わせる顔がないと思っていたのに、高辻を見た瞬間初海の胸に広がったのは、間違いなく安堵と喜びだった。

声もなく、ただ高辻を見つめながら、瞬きのたびに大粒の涙を溢れさせている初海を見て、高辻の眉が困ったように寄り……

「……初海」

そっと初海に歩み寄ると、優しくその肩に手を置いて引き寄せる。

それが、熱い抱擁ではなく、どこか遠慮がちであることに気付きながらも、初海はほっとして抱き寄せられるままになる。

言わなくてはいけないことがたくさんある。

聞かなくてはいけないことも、たくさんある。

高辻とちゃんと向かい合って、その結果がどうなるにしろ、とにかく自分は高辻に見つけて貰い、彼のもとに戻ったのだと、それがこんなに安堵できることなのだと驚く。

だが、高辻の腕はすぐに緩んだ。

「……痩せたな」

低い声で言って、子どもを宥めるようにぽんぽんと初海の背中を叩き、それからゆっくりと身体を離す。

痩せたのは高辻の方だ、と初海はぼんやり思った。

ちゃんと食事をしていなかったのではないだろうか。

高辻は初海が逃げ出すのを恐れているかのように、手を繋ぐのではなく初海の手首のあたりを軽く摑んだ。

そのまま無言で表通りに出て、すぐにタクシーを拾う。

初海は無言で高辻のあとについていきながら、磯谷の屋敷に戻るのだろうかと考えたが、高辻は都心にある外資系のホテルの名前を運転手に告げた。


「とにかくまず、風呂に入ってきなさい。それから食事だ」

豪華なホテルにチェックインし、スイートというのだろうか、続き部屋になっている上層階の部屋に入ると、高辻はそっけないとも思える口調でそう言った。

たぶん初海は、薄汚れて疲れて空腹に見えるのだろうし、まさにその通りの状態だ。

広いドレッシングルームで服を脱ぐと、確かにあばらが浮き出て貧相な身体と、妙に目が大きく見える自分の顔が鏡に映る。

シャワーで何度も全身を洗い、久しぶりにバスタブに浸かりながら、初海はぼんやりと風呂を出てからのことを考えた。

まずは、土下座してでも謝らなくてはいけない。

それから……これからのことを話し合うのだろう。

風呂に入るように告げた高辻の声には、これまでにはなかった距離感とそっけなさが確かにあった。

さきほど抱き寄せてくれた腕も、どこか遠慮がちではあった。

少なくとも自分たちの関係は、高辻の別荘で愛し合ったときのものではない。

だがそれでも、初海を心配して探してくれたということは……

高辻は、初海の保護者としての役割を義務としてきちんと果たすことに決めたのではないだろうかと、初海にはそんな気がする。

考えてみると、高辻と知り合ってから、まだそれほどの時間が経ったわけではない。

その間に、互いのバックボーンも何も知らないうちに、気がついたらあの人に恋をし、あの人も応えてくれたことが、今になってみると不思議ですらある。

あれがなかったことにされるのなら、自分もそのつもりでいなくては。

保護者としての高辻に、感謝し、自分もきちんと義務を果たさなくては。

なんとかそう気持ちを固めると、初海はバスルームを出た。

ドレッシングルームに脱いでおいた初海の衣類はいつの間にか回収され、ホテルの備え付けらしい、肌触りのいい、丈の長いワイシャツのようなものが置いてある。

食事に行くと言っていたけれどこれでは出かけられないと思ったが、他に何もないので、とりあえずそれを着てバスルームを出ると、ちょうど誰かが部屋を出て行ったのを、高辻が見送ってドアを閉めたところだった。

「……食事を頼んでおいたから、食べなさい」

高辻の視線の先を見ると、ベッドルームの手前にあるリビングのようなスペースの広いテーブルに、食事の用意がされている。

それでは今出て行ったのは、ルームサービスを運んできた従業員だったのか。

そして、テーブルの上にあるのが……パンケーキであることに気付いて初海ははっとした。

ファミレスで食べたあのパンケーキとはまた違う、高級ホテルらしい薄い美しいパンケーキに、ベーコンやウィンナーやサラダなどが添えられている。

他にも、ボリュームのある肉のグリルのようなものも並んでいたが、高辻が「初海の好物」としてパンケーキを記憶してくれていたのだろうかと思うと、胸が切なく熱いものでいっぱいになる。

「食べなさい、ただ、あまり焦らずによく噛んで」

目を潤ませている初海をちらりと見て、高辻はそう言うと、隣の部屋に入って境の扉を閉めてしまう。

一緒に食べてはくれないのだ。

ゆっくり食べさせようという気遣いなのかもしれないし、さきほどから感じている微妙な距離感のせいなのかもしれない。

寂しく思いながらも、初海の胃は食卓を見た瞬間から痛いほどに収縮していたので、とにかく椅子に座る。

この一週間、ろくなものを食べていない。

一日一回のコンビニ弁当と、ネットカフェの糖分の多い飲み物で、なんとか空腹をごまかしてきた。

高辻のことを考えると食欲も湧かないという感じだったのだが、こうしておいしそうな食べ物を目の前にすると、十八歳の身体がどれだけ栄養を欲していたのかがわかる。

隣の寝室からは、高辻が誰かと電話で話しているらしい低い声が聞こえてくる。

落ち着かない気持ちながらも、初海はまずパンケーキから食べ始めた。

……おいしい。

切なく、胸が詰まるほどにおいしい。

あのとき、高辻は粥を食べていたのだと思い出し、涙が滲みそうになって慌てて頭を振って何も考えないようにし……気がついたらパンケーキも肉の皿も、全部食べ終えていた。

すると、そのタイミングを見計らったかのように、寝室から高辻が出てくる。

「……食べ終わったか」

穏やかに尋かれて、初海は頷いた。

「あの」

今度こそ謝ろうと席を立ちかけたが、高辻が手で初海を制し、テーブルの反対側に座った。

ちょっと唇を噛み、それからゆっくりと初海に視線を向ける。

「私が誰であるかは、知っているんだね?」

抑えた、真剣な声音に初海ははっとして、緊張しながら無言で頷いた。

いきなり本題に入るのだ。

ならば覚悟を決めなくては。

「そうか」

高辻はふうっとため息をつく。

「磯谷の別荘で、我々の話を聞いた、そして……逃げ出した?」

確認するような問いに、また初海は頷く。

「では……そもそものはじめから話すべきだろうな」

テーブルの上で組んだ両手に額をつけ、しばらく無言で考えている高辻の言葉を、初海はただ待ち受けた。

「……私の両親は、もともと不仲でね。私は祖父の家で育った」

高辻は低い声で、そう話し始めた。

初海の知らない彼のバックボーン、そして彼が磯谷なのか高辻なのか、初海とどういう関係になるのか……それをこれから話してくれるのだ。

初海は緊張して、続きを待ち受けた。

「母方の祖父が、磯谷の当主だった。磯谷家というのは戦前の財閥の流れを汲む、政財界に大きな力を持つ一族の、本家だ。私はその当主である祖父のもとで、他人によって厳しく育てられ、家庭の温かみというものは知らずに育ったが……まあ、そんなものかと思っていた。きみと違い、物質的な不自由は全くなかったしね」

あのバーベキューの夜、家庭の味というものを知らずに育ったと言っていた高辻の生い立ちは、初海とは違うものだったが……それでも、家族の愛を知らないという意味では、やはり共通するものがあったのだと初海は思う。

「年に一、二度、本家の屋敷……ここしばらくは無人にしていて今はきみが住んでいるあの屋敷だが、そこで一族の大きな集まりがある。そこで私は、十歳ほど年上の、美しい従姉(いとこ)と知り合った。従姉と言っても、母方の伯父の一人の、再婚相手の連れ子だから、血縁はないのだが。その人の名前は……早紀子(さきこ)さんと言った」

初海ははっとして高辻を見た。

それは、その名前は……

「きみのお母さんだ」

高辻は頷く。

「お母さんのことは覚えている?」

初海は首を横に振った。

「いいえ……一番古い記憶は、施設なので」

両親の名前だけは知っているが、手元には写真すらない。

あとは、たらい回しにされた親戚に仄めかされた言葉の端々から想像していたことだけ。

「美しく、優しい人だった、きみのお母さんは」

高辻は切なげに言って、視線を伏せ、言葉を続ける。

「孤独に育ち、人間関係に不器用だった少年の私に優しくしてくれ……誰かを好ましいと思うことを教えてくれた人だった。今にして思えば、母や、姉を慕うような気持ちに加えて、子どもなりの淡い初恋のような気持ちも混じっていたのだろう」

初海の知らない、母の人となり。

そして高辻の「淡い初恋」という言葉が、初海の胸をじわりと熱くする。

「やがてその人は姿を現さなくなった。親の言いなりにした結婚がうまくいかず、離婚後に別な男と……家柄も財産もない男と駆け落ちをしたのだと、だいぶ後になって聞かされた。その後は、彼女について話すことは一族の中でタブーになり、消息はわからなくなった」

駆け落ち。

自分の両親は、駆け落ちだったのかと、初海は驚いた。

「きみは、知らなかったんだね？」

初海の表情を見て高辻が尋ねる。

「……はい」

初海は頷いた。

親戚が仄めかしていたのは「天涯孤独らしい嫁だった、父親本人だって財産も何もなく、貧乏で身体が弱かった」というようなもので、今から思えば初海がいた家は、すべて父方の遠縁だった。

初海が生まれる直前に父は病死し、母も、初海が二歳くらいのときに亡くなったと……施設の人からも、親戚からも、聞いたのはそれだけだったのだ。

高辻は思いに耽(ふけ)るように少し無言でいたが、やがてまたゆっくりと口を開く。

「私は大学を出た後、一族の関係する仕事にはつかず、映像機器関連の会社に勤めてから、自分で会社を作った。もともと磯谷は母方の一族で、私は父の名字である高辻を名乗っているから、磯谷家とは関係がないとも思っていたんだが……」

片頬に、ちらりと苦笑が浮かぶ。

「そうはいかなかった。磯谷家も先細りでね、日本全体と同じく少子化傾向で……私と同じ世代に、当主となるべき男子がいない、という事態になった。それで私が、祖父の養子となって磯谷を名乗り、祖父の死後、当主となるはめになった」

名字の違いはそういうことなのか、と初海にはわかった。

では高辻はたぶん、戸籍上は磯谷で……でも仕事では、自分で会社を興したときのまま、高辻を名乗っているのだろう。

「まあ、当主と言っても、私は自分の会社を続けることだけは条件にしたし、磯谷家が関わる事業も、時代遅れの一族経営から脱して今は複数の会社の大株主になっているだけだから、今は要するに一族の本家としての役割を果たすことを要求されているだけだが」

初海はふと、磯谷家の屋敷に引き取られてから訪ねてきた年輩の男女のことを思い出した。

そもそも顔も名前も知らない保護者が「磯谷」という名字だと知ったのも、あのときだ。

彼らは当主が引き取った初海を値踏みしにきたようで、おそらく高辻自身もああいううるさがたの親戚の視線を浴び続けてきたのだろう。

さらりと「本家としての役割」だけだと言うが、それだって大変な苦労があったはずだと想像がつく。

「さて、ここまでは前置きのようなものだ」

高辻は口調を変えると、椅子に座り直して初海を正面から見つめた。

「半年前のことだ。私は偶然、早紀子さんの消息を知った。あの人が、子どもを一人残して亡くなっていたことを」

いよいよ自分の話になるのだと、初海は緊張して高辻を見つめ返す。

「早紀子さんは駆け落ちの相手に先立たれ、残された子どものために必死で働こうとして無理をし、亡くなったのだと聞いた。それで私は……」

少し迷い、それから思い切ったように言葉を吐き出す。

「駆け落ちさえしなければ、あの人は死ななかった……その男とその子さえいなければ、あの人は死ななかったと、そう思ったのだ」

おそろしいほどの沈黙が、二人の間に落ちた。

初海としては、予期していたような気がする言葉だったが、それでもやはりショックだった。

高辻が「憎んでいる」と言ったのは……大事な人がその子のせいで亡くなったと言ったのは、そういうことだったのだ。

父と駆け落ちしなければ、父が駆け落ちなどしなくても結婚を許して貰えるような男だったら、母は苦労しないですんだ。

初海が生まれていなければ、母は身体を壊すほど働かずにすんだ。

そういうことだったのだ。

初海としても、母が初海を一人で育てるために無理をして身体を壊し亡くなったのだということは、はじめて知る事実だ。

自分のせいで、母は亡くなったのだ……！

「だから……僕を、憎んで……」

ようやく、震える声で言葉を押し出すと……

「違う！」

突然高辻は強く言って、椅子から立ち上がった。

「きみに罪はない。あるはずがない。ただ私が勝手にそう思い込んだんだ。あんなことを、不用意にきみに言うべきじゃなかった。まさかきみが『彼』とは思わず……いや、だとしても、だ。本人にはなんの罪も責任もないことなのに！」

顔は真っ青になり、握り締めた拳が震えている。

「きみが『彼』だとわかったとき、あの言葉をどれだけ後悔したことか。きみが、私が話していたのが自分のことだとわかったとき、どれだけ傷つき苦しんだかと思うと……私は自分の軽はずみな言葉をどれだけ悔やんでも悔やみきれない！」

初海に向き直り高辻はいきなり頭を下げた。

「申し訳ない。許して貰えるとは思わないが、とにかく謝らせてくれ」

「そんな……！」

初海は慌てて、自分も椅子から立ち上がった。

「謝らないでください、だって……それは、高辻さんが母のことを」

母のように姉のように、そして少年の、淡い初恋の相手として好きだった。

家族の愛情を知らずに育った高辻にとって、本当にそれは大切な感情だったのだ。

だからこそ、この世から母がいなくなった原因である「その子」を憎まずにいられなかったのだ。

自分がその憎まれる対象であったことよりも、それほど高辻が苦しんでいることのほうが、初海にとっては辛い。

二人の間にある、大きなテーブルの距離がもどかしいが、同時に、それを詰めてはいけないのだとも思う。

「それに、高辻さんは……僕を引き取ってくれたじゃないですか」

引き取って、何不自由ない生活環境を与え、大学まで出してくれようとした。

それはどれだけ感謝してもしきれない。

だが高辻は、唇を噛んで首を横に振った。

「親族に、きみのことが知れたのだ。そして、直接の血縁がないとはいえ、磯谷の一族に連なる子どもが……ろくでもない境遇で育って将来磯谷に迷惑をかけるようなことになってはいけないから、当主として何か手を打て、と言われた。そして私が調べた結果、確かにきみは、恵まれているとは言えない環境にいた。だから私は、当主としての義務感だけできみを引き取るよう指示した。だがそれも……完全に、弁護士任せにして、自分では、その子がどんな子どもなのかも、あえて聞かないことにした」

詳しく知りたいとは思わなかった、ということだ。

義務だけを果たせばいいのだから、と。

「だから……名前も……？」

名前もあえて知ろうとはせず。

弁護士の長谷川にすべて指示をして、対応を任せて。

それでも、高辻に磯谷家当主としての強い義務感があったからこそ、初海をこれまでの境遇に捨てておくことはできなかったのだ。

「いや、それは違――」

高辻ははっと顔を上げて否定しかけ、それから首をゆっくり横に振った。

「……違わないな。名前や顔を知ってしまえば、情が湧いてしまうかもしれないという恐れがどこかにあったのだと思う。それで敢えて知るまいとしたのだから、そういうことだ」

名前や顔を知れば情が湧いてしまうかもしれない。

それは、高辻が「その子」を完全には憎みきれないという自覚がどこかにあった、ということなのか。

この人は……人を憎むことに、決して慣れてはいない人なのだ、と初海は感じた。

「ああ、だが」

高辻はふと気付いたように付け足す。

「磯谷の名をきみに知らせなかったことについては、弁護士の長谷川からの助言もあってのことだ。磯谷がどういう家であるかをきみが知ったら、これまでの環境とのあまりの違いにきみが適応できないかもしれない、と。だから敢えて親族とも接触させないようにしたのだが、一度、不愉快な訪問があったらしいな。それは目が行き届かなくて申し訳なかった」

「いえ……いいえ」

初海は首を振った。

今の時代、保護者の名前がわかれば、それがどういう人であるかを調べる方法はいくらでもある。どうやら磯谷家は大変な財産のある名門一族のようだから、そんな家に引き取られると最初から知っていたら、初海の戸惑いはもっと大きかったことだろう。

それに長谷川の方でもきっと、初海の性格によっては、自分自身の地位について勘違いして振る舞うような危険もあると思ったのだろう。それは仕方のないことだ。

親族の訪問も……今高辻が話してくれたようないきさつなら、初海がどういう子どもであるかを気にする親族がいても当然のことだと思う。

「……私は、きみに謝らなくてはいけないことがたくさんある」

高辻は苦しげに続けた。

「きみを引き取ることにしながらも、関わらない決意をしたことで、きみに寂しい思いをさせただろう。間に長谷川が入ることによって……そしてもちろん、私のいわれのない先入観のせいで、きみがもっと子どもじみていて、反抗的で、勉強嫌いで遊びほうけている子どもだとも誤解した。そういう私の気持ちを汲み取った長谷川の対応で、きみは辛い思いもしただろう。そんな仕打ちをしながら、私はきみが私の傍でバイトをしていたときに、その子がきみのようであってくれたらよかったのに、などとも思ったんだ」

「それは僕も同じです！」

高辻があまりにも自分を責める口調なのがたまらなくなって、初海はとうとう口を挟んだ。

「僕だって、本当にお世話になっている保護者の方なのに……高辻さんのようだったらいいのに、って考えていたんです！」

高辻は驚いたように初海を見つめ……そして、切なげに微笑(ほほえ)んだ。

「そう思ってくれている間に、真実がわかればどんなによかっただろう」

その声の響きに、初海ははっとした。

まるで、取り戻すことができない過去のことを語っているように聞こえる。

そうなのだろうか？

取り戻すことはできないのだろうか？

やはりすべては、なかったことに変わってしまったのだろうか？

「……これで、話さなくてはいけないことはすべてだ」

疲れた声で、高辻はぽつりと言った。

「きみを傷つけた償いはどうしていいかわからない。だがとにかく、これからも私はきみの……保護者として、できるだけのことはさせてほしいと思っている。代理人である弁護士は……長谷川は仕事上のトラブルなどでは頼りになる人間だが、こういうことに向いている性格ではないようだから、別な人間に代えてもいい、家庭教師も、当たりのきつい人間を選んでしまったようだから代えよう。進学先は好きに選んでくれていいし、進路にも干渉しない。ただ、きみが望むように生きていってほしいと、それだけを願う」

それは……初海が恐れていた宣告だった。

高辻はこの先は、「保護者の磯谷」として初海に接する……いや、むしろ「接しない」ことを選んだのだ。

これまでと同じように。

代理人を選ぶというのは、そういうことだ。保護者の意向は、代理人を通して伝えられるし、逆も同じ。

バイトを続けることはもちろん論外としても、せめて時折でも顔を合わせ、話をすることすら、望まないのだ。

あの夜のことは、本当になかったことになるのだろうか。

あの声音の優しさ、視線の甘さ、抱擁の熱さ……そして初海を好きだと言ってくれた言葉はすべて、忘れなくてはいけないのだろうか。

初海が「その子」だったという事実は、高辻の中で、初海という人間を好きになってくれたことさえ打ち消さなくてはいけないくらい重いのだろうか。

だとしたら、自分は存在しているだけで罪なのだ。

生まれて初めて、初海を望み、求めてくれた人が、そうやって拒否するということは。

絶望のあまり、表情を変えることすらなく無言で立ち尽くしている初海から何か言葉が出てくるのを待ち受けるように、高辻もしばらく立ち尽くしていたが……

やがて、小さく身じろぎした。

「……では、私がいると気詰まりだろうから、寝室に引き上げることにしよう。寝室は二部屋あるから、向こうを使いなさい。明日の朝、新しい代理人が衣類などを持ってきたら私はここを出るから、きみはゆっくり休むといい」

そう言ってゆっくりと向きを変え、寝室のドアの方に向かって歩いて行く。

初海は、その高辻の後ろ姿が完全に自分を拒絶しているのだと感じ、胸が押し潰されるように痛んで、息ができなくなるのを感じた。

苦しい。

高辻の姿が白く霞む。

膝ががくがくして、立っていられなくなりそうだ。

「た——」

高辻を呼ぼうとした声が、引き攣って消えた。

「……初海⁉」

驚いた声が聞こえ、足音が戻ってくる。

「初海、泣いているのか。どうして」

瞬きをすると、目の前を覆っていた涙が頬に零れ、不安と驚きを浮かべた高辻の顔が目の前にあった。

「私はまたきみを傷つけたのか？　言ってくれ、私は何をしてしまった？」

「ちが……」

初海は慌てて首を横に振った。

「そうじゃなくて……ごめんなさい、僕はもう……高辻さんを、心の中で想うことも、許されない……ですか？　僕はあなたに、嫌われてしまった……？」

意図して出てきた言葉ではなかった。

ただ、胸の中に押し込まれていた想いが、自分でも予想しない言葉となって溢れ出ていた。

「初海」

高辻の目が驚愕に見開かれた。

「それは……だが、きみは」

信じられないというように、首を左右に振る。

「きみのほうが、望まないのでは？　書き置きの上にきみが置いたあの花は、そういう意味だったのだろう？」

「花……？」

なんのことだか、初海にはわからない。

「別荘で。私の書き置きの上に、セイヨウマツムシソウの花が置いてあった。私はそれがきみのメッセージだと思い、花言葉を調べた。不幸な愛、私はすべてを失った、失われた愛……そういう意味の花言葉ばかりだった」

ようやく初海は、あの別荘で、書くものが見つからなくてとりあえず「読んだ」というしるしに、花を置いたことを思い出した。

「きみは磯谷の別荘に戻り、私と長谷川たちの話を聞いて、私が冷たい保護者本人であったと知り、私への気持ちは間違ったものだと思った。それで私の別荘に戻ってあの花をメッセージとして置いて、それから姿を消したのだろう？」

確認するように尋ねる高辻に、初海は必死で首を横に振る。

まさかあの花にそんな花言葉があったなんて。

「ちがっ……花言葉、なんて……花の名前も……僕はただ、黙っていなくなると……あなたを心配させると思って……書くものもなかったから、読んだというしるしに、あの庭で一番きれいだと思った花を」

「知らなかった……？」

呆然と呟く高辻に、初海は頷いた。

高辻の顔に、驚きに続いて、ゆっくりと理解のいろが浮かぶ。

「花言葉などというのは、深読み……早とちりだったのか？　じゃあきみは……私はもう初海に触れてはいけないのだと、私の思いは封じ込めなくてはいけないのだと、私はきみを失ったのだと思ったのは……間違いだったたと思っていいのか⁉」

次第に、蒼かった高辻の顔が紅潮し、言葉に力が籠もっていく。

それこそが、彼も初海をまだ求めてくれているのだと、雄弁に語っている。

「僕も、あなたを諦めなくても、いい……？」

信じられない思いで呆然と初海がそう言うと……

「当たり前だ！」

そう言うなり、高辻は初海をきつく抱き締めた。

痛いほどに。

あの繁華街で高辻に見つけられてからずっと、二人の間にあった微妙な距離感、隔てのようなものは、瞬時に消え失せていた。

あれは高辻が、意識的に自分を抑えて造り出していたものだったのだ。

初海も高辻の背中に手を回し、しがみつく。

そう、この広い背中。

初海を包む力強い腕も、逞しい胸も、そしてこの背中も……初海が求めていいものなのだ。

「初海……！」

初海を呼ぶ、高辻の声に熱が籠もった。

ゆっくりと上体だけを離し、視線を絡め、そして顔を近寄せ――

唇が触れる。

触れた瞬間、どちらからともなく強く押し付け合い、そしてすぐに舌が押し入ってきた。

貪（むさぼ）るような激しいキスに、初海の身体はかっと熱くなる。

何度か角度を変えてはまた唇を合わせ、高辻の舌に口内をくまなく探られ愛撫されて、唾液が溢れる。

やがてようやく唇が離れると、上気した顔でぼうっと高辻を見上げる初海を、高辻はつくづくと見つめた。

「……そうか」

高辻は、何かに気付いたように呟いた。

「きみの目は……確かに早紀子さんの目だ。どうして気付かなかったのか」

「母の……？」

顔も知らない母。

「僕は……似てますか……？」

「いや、顔立ちは違う。私はたぶん、きみがお母さんに似ていたら、どう接していいか困るような気もして、きみに会う気になれなかったのかもしれないが」

独り言のように呟いてから、はっと気付いたように付け足す。

「私が初海を好きになったのは、初海自身だからだ。お母さんに似ているとかいないとか、それは関係ない」

初海はそれを不安に感じたわけではなかった。

ただ、自分の中に少しでも母の面差しがあるのなら、その母の思い出ごと高辻に愛してもらえば嬉しいと思っただけだ。

だが、高辻が初海に会っても気付かなかったのなら、確かに母似ではないのだろう。

高辻が初海に会うことを避けていた理由のひとつがそれであるならば、むしろそれは、高辻の想いと傷の深さを表すものだったのだとわかる。

「僕の顔、好きになってくれますか……？」

もし父似だったとしたら……高辻は、母と駆け落ちした父に複雑な感情を持っているだろう。その父に似ていたとしても、高辻は構わないのだろうか？

高辻の答えは、甘く優しい微笑みだった。

「顔どころか、初海のすべてが、好きという言葉では言い足りないほどだ」

一瞬間を置き、真剣な顔で言葉を続ける。

「愛している、初海」

愛している。

その言葉に、初海の全身を、甘い痺れが駆け抜けた。

愛している。

なんという力を持った言葉だろう。

好ましいとか、好きだとか、必要だとか、大切だとか、初海がひとつでも貰ったら嬉しいと感じる言葉のすべてが、そこに入っているのだ。

だとしたら。

「僕も……愛しています」

高辻を真っ直ぐに見つめてそう返すと高辻は再び優しく微笑み……

「では、きみをもっと愛させてくれ」

そう言うと、初海の膝裏を掬って抱き上げ、寝室の方に歩むと、閉まっていた扉を足で蹴り開けた。


ホテル備え付けの寝間着を脱がされるのは一瞬だった。

そして高辻が、自分の着ているものを荒っぽく脱ぎ捨てていくのも。

初海はもどかしい思いで高辻が自分の上に重なってくるのを待ち、そして両腕を広げて彼の逞しい身体を迎えた。

素肌と素肌が重なる。

「あぁ……」

それだけで、ため息のような甘い声が初海の唇から洩れた。

全身のすべてで感じる相手の体温に、不思議な安心感と同時に、これから互いの熱が高まっていく予感を覚える。

高辻が何度も何度もいとおしむように初海の頬や額や唇にキスを落とし、それが耳朶から首筋に辷っていく。

全身をくまなく確かめるように掌が這う。

「もう二度と、きみに触れられないかと思った」

初海の身体を抱え込むようにして全身をぴったりと合わせながら高辻が切なく言った。

それは初海も同じだ。

この一週間、ネットカフェで寝泊まりしながら、何度も高辻を想った。

この人を失う、この人に触れられない、そう思うだけで、どれだけ苦しく切なかったことだろう。

腰を抱き寄せられ、互いの性器が触れ合うと、初海は自分のものがすでに勃ち上がりかけていることに気付いて恥ずかしくなる。

同時に、高辻のものも硬く熱くなっているのを感じ、ぞくりとする。

「……わかるか?」

高辻が互いのものを擦り合わせるように腰を動かし、それだけで初海は、自分のものにさらに血が流れ込むのを感じた。

「わか……る」

小さく答えると、高辻の手が初海の片手を持って、そこに導いた。

「あ」

高辻の熱をじかに掌に感じて、初海ははっとした。

自分のものとは違う大きさ、太さ、熱に、はじめて直接触れているのだ。

自分を欲してくれている高辻に。

高辻は初海の掌に二人のものを同時に握らせ、その上からすっぽりと高辻の大きな手で包み込むと、ゆっくりと、初海を導くように扱きはじめる。

高辻が、自分の掌の中で体積を増していくのがわかって、初海は腰の奥がずきんと疼くのを感じた。

「あ……あ、んっ……っ」

自分のリズムとは違うもので刺激され、先端から滲むものを指先で掬っては幹になすりつける高辻の動きに、唇がほどけ、甘い声が洩れる。

くちゅくちゅという濡れた音が耳に届き、初海の中に羞恥とともに快感を生む。

高辻のものと、自分のものが一緒に……と思わず頭の中でイメージしてしまった瞬間、がつんと後頭部で何かがスパークし、初海はあっけなく達してしまった。

「……っ、あ、あ……」

突然の強い快感に息を切らしながら呆然としていると、高辻が残っているものを絞り出すように数度扱いてから、ゆっくりと手を離す。

初海は、高辻がまだ硬さを保っているのに気付いた。

「ぼ……く、だけ……」

「ああ、かわいかった」

高辻は甘く囁き、初海の胸に顔を伏せてちゅっと乳首に口付けた。

「あっ」

思わず声をあげてのけぞると、高辻はそのまま舌先で乳首をくすぐりながら、片手を初海の脚の間に忍び込ませる。

ぬるりとした感触を狭間に感じ、それが……高辻が受け止めた自分のものだと気付いて、初海はいたたまれなくなった。

「やっ……それっ……」

「うん、たくさん出たからね」

高辻はそんなことを言って、ぬめりを纏った指で初海の奥をほぐしはじめる。

両方の乳首を交互に舌で弄られ、奥に指先が忍び込み、初海は二つの場所から感じる別々の快感に、たちまち呑み込まれた。

指が中に押し込まれる。

一瞬緊張しかけた身体は、舌先で乳首をくすぐられて蕩ける。

乳首を軽く嚙まれて思わずのけぞると、指が増えてさらに奥まで差し込まれる。

たった一度高辻に愛されただけの身体なのに、高辻のすることすべてに、敏感に反応し、そして高辻を受け入れるべく身体が熟れていく。

「あっ……、やっ……あ、あ、あ」

小刻みに指を抜き差しされて、背骨を駆け上がる快感に、初海は声を上げた。

思わずぎゅっと指を締め付けると、その硬さと存在感が確かにわかってしまう。

指の腹で感じるところを何度か擦られ、強すぎる快感に首を左右に打ち振る。

どうにかなりそうだ。

それもこれも……高辻に与えられている快感だからだ。

再び前が痛いほどに張り詰めていく。

だが……このままた、自分だけいってしまうのはいやだ。

欲しいものは、まだこの先にある。

「たかつじさ……おねがっ……っ」

思わずねだるような声を出すと、高辻は初海の胸に上に伏せていた顔を上げた。

その瞳にも、熱い欲望が点っているのがわかる。

「……もう、欲しい？」

優しく甘い、しかし熱を秘めた声。

……欲しい。

こんなにも、自分の心と身体が、あの一度の経験を記憶し、高辻を求めていることに、自分でも驚く。

羞恥や躊躇いが完全に消えたわけではないけれど……

あの、二人が一体となって上り詰める悦びの記憶は、あまりにも甘美だ。

欲しい……！

初海は目を潤ませながらこくんと頷いた。

高辻の目がいとおしげに細められる。

じゅぷっと音を立てて、初海の中から指が引き抜かれる。

「私も……初海が欲しくてどうにかなりそうだ」

高辻はそう言って、深々と初海に口付け……

初海の両脚を抱えて、猛ったものをぴたりと入り口に押し当てた。

浅く呼吸する初海が息を吐くタイミングを見計らって、ぐいと腰を進める。

「あ――」

心では欲していても、身体はまだ、どうすればいいのかよくわかっていない。

高辻を受け入れようと焦りながら、さすがに息が引き攣る。

するとその初海の腹を高辻の掌が撫で、張りつめているものをやんわりと握った。

達してはしまわない微妙な力加減でゆるゆると扱きながら、さらにぐっと押し入れる。

「ふ、あ、あっ」

張り出した部分が、きつくひくつくそこをぐっと通り抜けた、瞬間。

ぐぐっと奥まで高辻が入り込み、初海はのけぞった。

「あ……あっ」

「初海、初海……大丈夫か」

高辻が初海の上に、ゆっくりと上体を倒してくる。

「ゆっくり息をして……そう、上手だ」

ようやく初海は、きつく閉じていた瞼を押し開けた。

目の前に高辻の顔がある。

堪えるように、わずかに眉を寄せているのが、高辻の男らしい顔立ちをおそろしく艶っぽく見せている。

そして初海の中で脈打っている、高辻の確かな熱。

ひとつになっている。

そう実感し、潤む目でひとつ瞬きすると、高辻が切なく微笑むのが見えた。

「愛している、初海」

低くそう告げて、唇を重ね……初海が高辻の舌を迎え入れておずおずと応えるのと同時に、高辻がゆっくりと腰を動かしはじめる。

「んっ……ん、っ……ふっ……っ」

初海は、高辻の首に腕を回してしがみついた。

合わせた唇が少し笑った気がする。

高辻の片腕が、初海の腰の下に回って、しっかりと抱え込む。

やがて確かな律動で、高辻は初海を貪りはじめた。

一突きごとに、初海の腰の奥に快感の火花が散り、やがて初海の腰もぎこちなく動き始める。

もっと深く。もっと強く。

心も身体もひとつに溶け合う陶酔感を、もっと。

吐息も汗も唾液も何もかもがひとつに混じり合っていく悦びを、もっと。

高辻が自分の中で弾けた瞬間、初海もまた、泣きたいほどの幸福感とともに、自分を解き放っていた。

ベッドの中で、汗が引いた身体を抱き寄せられ、初海は高辻の肩に頬を寄せた。

けだるく、照れくさく、恥ずかしく、そして幸せ。

火照りが収まった肌を高辻の手が優しく撫でてくる、それだけでただただ嬉しい。

やがて……

「参ったな」

高辻が小さく呟いた。

「え？」

どういう意味だろうと思っていると、高辻が上体を少し起こして、初海を覗き込む。

「初海は高校生なんだな」

「あ」

そのことを謝るのを、完全に忘れていた。

「ごめんなさい、僕、嘘を……」

「そうじゃない」

高辻が微笑んで、人差し指で優しく初海の唇を押さえて封じる。

「あのとき私は初海の年齢を尋き、初海は十八歳だと答えた、それだけなんだ。私が勝手に、初海を大学生だと思い込んだんだよ」

それは確かにそうだけれど、バイトを失うのが怖くて初海が訂正しなかったのも事実だ。

しかし高辻は考え込むように言葉を続ける。

「高校生だという考えが全く浮かばなかったのは、私が高校生というのはもっと子どもだと思い込んでいたからなんだろう。きみはなんというか……さりげない気遣いとか雰囲気が、大人びていたから」

それからふいに、初海の上に覆い被さって、真上から視線を合わせる。

「きみが高校生だとわかったのだから、私はもっと自制しなくてはいけなかった。だが……きみが私を拒否していないのだとわかったら、止まらなかった。だから責任は私にある。いいね？」

「あ……」

ようやく初海は、高辻の言いたいことがわかった。

未成年で、高校生である初海とこういう関係になってしまったことに、大人として責任を感じているのだ。

でも、初海だって望んだことなのだから、高辻だけが責められるのはおかしい。

そこでふと、初海はあることを思いついた。

「あの、僕、高校生ですけど……十八歳です」

「うん、十八歳だが、高校生だ」

高辻は真剣な顔でそう言うが、問題は順番にあるのだろうか？

「ええと……十八歳って、選挙権もあるし、結婚だってできる年だと思うんです」

自分のすることには、ちゃんと自分で責任を取れる年だと、初海はそういうつもりで言ったのだが。

「それはそうだが、結婚するには保護者の許可が――」

そう反論しかけて、高辻ははっと言葉を止めた。

何か尋ねるように初海を見つめる。

初海が瞬きして見つめ返すと、

「……保護者は、私だ」

ゆっくりとそう言ってから……高辻はくっと笑った。

「そうか。私だ」

参ったな、とでも言うようにごろりと仰向けに転がって笑い出す。

「あの、ええと」

初海が、高辻の笑いの意味がよくわからずにいると……高辻は笑いを止めた。

真剣な顔になって、再び初海の顔を見つめる。

「……保護者としての私が、初海を愛する人間としての私に、条件付きの許可を与えるというのはどうだろう？」

許可。許可って……話の流れで言うなら「結婚の許可」ということになるが……

男同士で結婚は無理だとしても、「愛し合うこと」の許可を、高辻が、高辻自身と初海に与えてくれる、ということだろうか？

だとしたら初海にとって、そんなに嬉しいことはないと思うが……

「条件……？」

そのための条件とはなんだろう？

すると高辻は、初海の頬を、その大きな手でそっと包んだ。

「何があろうとも、この先ずっと、初海を幸せにすること、初海を愛し続けるということ、それが条件だ」

「あ……」

初海の心臓がどくっと音を立てて鳴った。

この先ずっと。

幸せにし……愛し続ける。

まるでプロポーズのような言葉。

「そして、もう一つの重要な条件は」

真面目な顔で、高辻は付け加える。

なんだろう、と身構えると、高辻はにっこりと笑った。

「きみも私を愛し、傍にいることで私を幸せにしてくれるという条件だ」

初海は、胸がいっぱいになるのを感じた。

高辻は、対等な条件として、初海の意思を確認してくれているのだ。

一方的に庇護される保護者と被保護者の関係ではなく、互いに愛し合う相手として。

「ん？」

目を細め、高辻が初海の答えを促し……

「幸せに、します」

そう答えてしまってから、まるで自分の方から逆プロポーズしたみたいだと赤くなった初海を、高辻は笑って抱き締めた。


「谷田部(やたべ)……あ、じゃない、磯谷」

隣の席の宮間(みやま)が初海を呼び、ぺろっと舌を出した。

「なんかつい谷田部って呼んじゃうな。そんなに長いこと谷田部って呼んでたわけじゃないのに」

「どっちでもいいよ、ややこしくてごめん」

初海が言うと、宮間はにっと笑った。

「俺も、もともとの名字と今の名字と違うんだけどさあ。まあ、名字なんて記号だと思えばどってことないけど、大人の都合ってのも面倒だよね」

二学期から、初海は「磯谷初海」として学校に通っている。

複雑な事情の生徒も多いこの学校では、クラスメイトの名字が変わることに対しても、ドライな反応が多いようだ。この高校は長谷川が選んだのだとあとから聞いたのだが、そういう意味では初海の境遇に合っていると言える。

「そうそう、で、昨日言ってたの、ここなんだけどさ」

宮間は鞄から、パンフレットを取り出した。

「すんげー厳しいけど、短期間で絶対偏差値5は上げてくれるって実績はすごくてさ。誰か知り合いと一緒ならくじけないと思うんだよ」

宮間が、保護者から「ここに行きなさい」と言われた予備校に、一緒に行く気はないかと誘われていたのだ。

「わかった、ちょっと持って帰って相談してみるね」

初海はそう言ってパンフレットを手に取る。

予備校探しを急がなくてはと思っていたところだったから、宮間の説明には興味を惹かれる。よさそうなところだったらいいな、と思う。

「あ、そこ知ってる」

近くの席の、別の生徒が覗き込んだ。

「本気出すんならいいとこみたいだけど、俺、本気出す気ないからなあ」

「だって進学はするんだろ」

別な生徒が尋ねる。

「もうどこだっていいんだよ、入れるなら。もー、金でなんとかなればいいのに！」

「今、裏口も結構厳しいからなあ。うちなんて親戚が学長やってる大学なのに、特別扱いはしないとか言われてさあ」

「俺んちなんて、一族全員同じ大学なんだからそこしか認めないってのもひどくね？」

口々にわいわい愚痴を言うのを聞きながら、初海はパンフレットを鞄にしまった。

転校してきたときは世界が違うと思っていたクラスメイトたちだが、次第に一人一人が見えてくると、金銭的に不自由はしていないだけで普通に悩みもある普通の高校生なのだとわかってきたから不思議だ。

「じゃあ、僕は今日ちょっと急ぐから、帰るね」

鞄を持って立ち上がると、

「あ、駅まで一緒に行こうぜー」

数人が固まって一緒に教室を出る。

車ではなく電車での通学になったことも、彼らとの距離が埋まってきた理由の一つだろう。

「ねえねえ、やた……磯谷ってさ」

昇降口で靴に履き替えながら宮間がふと言った。

「最初はなんか、どっかよそよそしいって感じだったけど、気がついたら最初から同じクラスにいたみたいになってるよね」

「そう?」

「うん、いつの間にか溶け込んでるっていうか、特に目立つことしてるわけじゃないんだけど、なんか安心感あるっていうか」

「そうだとしたら……嬉しいけど」

初海はそう答えながら、確かにそれは自分の側に理由があるのだろうと思う。

空気のようであれと心がけつつ、これまでは「世界が違う」と自分の方から交わることを拒絶していたように思うが、その拒絶の空気がなくなったことで、宮間たちから見ると「壁がなくなった」と感じてくれているのだろう。

それはやはり、自分に確固たる居場所ができて、自信がついたからだという気もする。

駅まで来ると「腹減った、どっか寄ってかね?」という一群に「家で用事があるから」と告げて、初海は電車に乗った。

磯谷の屋敷に「ただいま」と帰り着くと、家政婦の染谷が迎えてくれる。

「お帰りなさいませ」

「お客さまは?」

「大勢おいでになっていますよ。お着替えを一揃い、お部屋にご用意してございます」

部屋に向かいながら初海はふと染谷に言った。

「食事まで間があるようでしたら……僕、少し何か食べておきたいんですけど」

学校のカフェで食べた昼食と、このあとの夕食の間に、ちょっとした間食をしておかないとお腹が鳴りそうだ。

染谷の顔がぱっと嬉しそうに輝く。

「はいはい、そういうお年ですもの、そりゃあお腹がお空きですよね。そうおっしゃるかもしれないと思って軽いものを用意してございますから、すぐにお持ちしますよ」

「ありがとうございます」

染谷がいそいそと立ち去るのを見送りながら、初海は、染谷との間に隔たりを感じていたのも、自分の気持ちの問題だったのだとつくづく思った。

染谷は保護者ではないが、世話好きの家政婦だ。

初海の生活に口出しするのは自分の仕事ではないと思いつつ、バイトだと言って家を空けてばかりの初海を心配して、長谷川に相談していたらしい。

初海の方から遠慮を捨てて頼み事をすると本当に嬉しそうに応じてくれるし、何気ない会話も多くなっている。

別荘番の老婦人にしても染谷にしても、そうと気付かずに、自分を心配し気遣ってくれる温かな人々に囲まれていたのだと思う。

その染谷が揃えておいてくれた服の一式は、初海の雰囲気によく合うものだ。襟が二重になったデザインの淡いピンクのシャツに、グレーのジャケット、えんじのネクタイ。ズボンは細身の紺。

きれいに磨いた黒の靴もきちんと用意されている。

クローゼットの中のものは、まだ自分で着るものを値札を見ずに選ぶということに戸惑いのある初海のために、染谷が選んでおいてくれたものがほとんどだが、このジャケットとシャツは先日高辻が選んでくれたもので、それに染谷が小物を合わせてくれている。

染谷が部屋に運んできてくれたサンドイッチを口に押し込み、鏡の前で服装を点検してから、初海は深呼吸して一階にあるホールに向かった。

普段は使っておらず、大勢の客が集まるようなときにだけ使われる部屋だ。

開け放った扉からは、人々の話し声が聞こえてくる。

初海はちょっと緊張し、それから部屋に入った。

部屋には十五、六人ほどの年輩の男女が集っている。

女性たちはソファに座り、男たちは立って、それぞれにグラスやティーカップを手にした、内輪の集まりという雰囲気だ。

そして、立って話している男たちの中心に、高辻がいた。

すらりとした長身はひときわ目立つ。

いかめしい顔をした、それなりに社会的地位のありそうな男たちの中にいても、堂々として品のある雰囲気は、年齢が一番若いにもかかわらずこの場を支配していることを感じさせるものだ。

「ああ、初海」

初海が何か声を出そうと思う前に、高辻が初海に気付いて声をかけた。

人々が会話をぴたりと止めて、初海に視線を注ぐ。

高辻は男たちの輪から抜けだし、ソファの間を縫って扉の方にやってきて、初海の肩に軽く手を置いて、人々の方に向き直った。

「皆さま、改めてご紹介します、初海です。先日正式に養子縁組をして、磯谷初海となったことはご承知のことと思います」

高辻の手に軽く力が入って初海を促したので、初海は一歩前に出た。

「初海です、よろしくお願いします」

背筋を伸ばしたまま、腰を折ってきちんとお辞儀をする。

「……まあ、短い間になんだか雰囲気が変わったこと」

声を上げたのは、以前初海を見にやってきた二人の女性のうちの一人だった。

金縁の眼鏡をちょっと上げ下ろしして、初海をつくづく眺める。

「おどおどしたところはなくなったわ。これなら、磯谷の人間としてどこに出しても、まあ恥ずかしくはないわね」

「この間と言っていることがずいぶん違うじゃないのよ」

あの日に来ていたもう一人の女性がからかうようにその女性を肘でつつく。

「自分の孫の立場が脅かされないと思ったら掌返しということ？」

「しっ、その話はあとよ」

最初の女性が、意味ありげに返す。

「ご婦人方の報告で、磯谷にふさわしい子なのかどうか心配していたが」

口髭を生やした恰幅のいい男性が笑いながら口を挟んだ。

「公平な目で見れば、もともと容姿が整っているのだから、磨けば光ると思うな」

別な女性が頷く。

「ま、育ちの割にすれたところがないのはありがたいことね」

「まあ、若いのだからこれからいくらでも仕込みようがあるだろうし」

口々に言う人々の言葉は、いくぶん高飛車なものはあるにしても、悪意のあるものではなかった。

この人たちは、磯谷の親族たちだ。

高辻が言ったように、磯谷一族も「少子高齢化」ついでに「女子が多い」とかで、確かに高辻と同世代の男はいない。

高辻は、うるさがたの親戚に年若い当主としての自分を認めさせてきた。

その上で、初海を「一族に迎える」ことを了承させ、今日はその、事後報告のような意味合いで初海を紹介するのだと聞いている。

初海を高辻の養子にして「磯谷」を名乗らせるのも、表向き「初海の立場を明確にし、一族の次世代を担う一人としての安定した立場を与える」という理由だが……その実、「きみと私はこれで家族になる」と高辻が言ってくれた結果だ。

初海には、たった一人の、特別な家族ができたのだ。

「で、将来的にはどうするって？　血縁がないとはいえ、当主が養子にしたのだから当然次のことを考えてのことなのだと思ったが、別の思惑があるという話じゃないか」

男の一人が口調を変えた。

「そうそう、その話をまずちゃんと聞きましょうよ」

全員が同意のようで、高辻に向き直る。

「過去にも他家からの養子が当主を継いだ事例はあるのだし、この子も血縁ではないとはいえ、縁に連なるものだ。だがそれは考えていないと？」

男の一人が尋ね、高辻は頷いた。

「考えておりません。初海自身も、それは望んでおりません。この養子縁組は、後継者を決定したという意味ではないと、先日皆さまにお知らせしたとおりです」

親族たちは互いに視線を交わし合った。

「じゃあ、次の当主は？　勝馬さんは結婚して自分の子どもを作る気もないのでしょ？」

「ええ」

勝馬と下の名前で呼ばれた高辻は、軽く口元に笑みを浮かべ、頷いた。

「もともとそういう意味での、家庭を作ることには意味を感じておりませんのでね。私のあとは、女系でも血縁の誰かを、というのが一番だと思っています。私もそもそもは女系の傍系なわけですから」

「つまり、うちの孫娘が最有力候補だってことに変わりはないのね？」

声を上げたのは、例の金縁の眼鏡の女性だ。

「まあ、そういうことだ、年齢や血縁関係から言えば」

「いずれふさわしい婿を迎えさえすれば、という条件付きだがな」

親族たちは、顔を見合わせて頷き合う。

「じゃあ磯谷の本家の財産も、勝馬さんからその子に行くのではなく、いずれ次の当主に行くのね？」

金縁の眼鏡の女性がさらに言い募るのを、

「下品なことを言うな」

苦笑して、その傍らにいる男が窘めた。

「勝馬は磯谷本家の財産などに執着はせんだろう。自分で興した会社がうまくいっているのだから」

「その通りです」

高辻が頷く。

「私が当主でいる間は、当然本家の財産や祭事、行事などの管理はしますが、軸足はこれまで通り自分の事業のほうに置いていますので、それは引き続きご了承を」

そう言って軽く頭を下げ、親族たちを見回した。

「他に何かご質問は?」

親族たちからそれ以上の声が上がらないのを見て、高辻は悠然とした笑みを浮かべ、優雅に一礼した。

「それでは、皆さまにはこうして初海を見覚えていただいたわけですから、あとは食事までごゆっくりご歓談ください」

親族たちはそれぞれの会話に戻っていき……

緊張して成り行きを見つめていた初海は、ようやくほっと息をついた。

今日の紹介がすんで、この後の晩餐を乗り切れば、あとは初海の心配事は何もなくなる。

すべて高辻が初海のために考えてくれたことだ。

旧家の当主と、自力で起業した青年実業家としての顔を併せ持つ高辻は、初海にその旧家の一員となることでの負担がいくことを避けてくれたのだ。

初海も、もともと母は磯谷の血筋ではないのだから、高辻の養子となることでなんらかの権利が発生してしまうことは望まない。

初海が望むのは、ようやく始まった新しい生活がこのまま続いていくことだ。

高辻は自分の一人住まい用のマンションを引き払って、磯谷家がいくつも所有している不動産のひとつである、この屋敷に移ってきた。

今はここは、高辻と初海が二人で暮らす家だ。

別棟に染谷と運転手の大崎（おおさき）が住み込んでいるのは変わらないが、母屋は実質、二人暮らしとなっている。

連休などには、あの、高辻の別荘に行くこともある。初海が缶詰になっていたのは磯谷本家が代々所有している別荘だが、あの思い出の別荘は、もう少し寛いだ自分の場所が欲しいと、高辻が個人的に入手したものだ。

初海は、高辻の会社のバイトには結局戻っていない。カフェの方も店長が戻ってきてから事情を話し、次のバイトが見つかってから辞めた。

今は受験勉強が一番だとわかったからだ。

そして高辻は、家に仕事を持ち帰ってでも、初海と過ごす時間を長くしたいと、夕食はほぼ家で摂（と）るようになっている。

秘書の増永(ますなが)が心配していた「食事をおろそかにするから一緒に食べることで監視を」という、バイトとしての一番重要だったかもしれない仕事は、朝食と夕食をともにすることで、プライベートで継続できているわけだ。

将来のことはこれからゆっくり考える。これまでは「生活のために働く」ということしか頭になかったけれど、高辻が初海に与えてくれた環境の中で、ようやく「自分は何をしたいのか、何になりたいのか」を考えられるようになったところだ。

それでも初海の中には、もしかしたら……高辻の事業にも通じる映像機器関連の仕事に関われたら、という希望が小さく芽生えはじめたところだ。

「初海、何か飲む？　もうしばらく、年寄りたちに付き合って貰わなくてはいけないからね」

高辻が初海の顔を見て、悪戯っぽい笑みを浮かべながらそう言ったとき、

「年寄りで悪かったな」

見事な白髪が印象的な一人の男が、そう笑いながら二人に近寄ってきた。

「初海、こちらは宗佑(そうすけ)伯父上」

高辻が初海に紹介する。

「よろしくお願いします」

頭を下げる初海に、

「こういうときは握手をするものだ」

宗佑と呼ばれた男は初海の手を片手で無造作に握って上下させた。

「直接のおじおばも、そのいとこだのはとこだのもみんな呼び方は『おじおば』だから、まだ誰が誰やらわからんだろうが……私の、死んだすぐ下の弟が、早紀子の義理の父になる」

初海ははっとして宗佑の顔を見た。

母は、祖母の連れ子だったと高辻から聞いている。

その祖母の再婚相手、母の義理の父にあたる人の、この人は兄ということだ。

「では……母をご存知なんですか」

「ご存知だとも」

冗談めかした口調で言ってから、宗佑は真面目な顔になる。

「弟は、早紀子を政略結婚の道具にしたこと、その結婚が上手くいかず、その後の相手を認めなかったことで結果的に駆け落ちをさせてしまったことを、最後には悔やんでいたよ。そのことを、お前さんにどうしても言いたくてね」

初海は、どう返事をしていいのかわからない。

義理の祖父に当たる人と、母の間に何があったのか、今さら詮索してもどうしようもないし、恨む気持ちなども毛頭ない。

ただ、母を知っている人に会ったことが嬉しい、それだけだ。

すると宗佑は、胸元のポケットに手を入れて、何かを取り出した。

「あいつの遺品の中にこれがあってね」

初海の前に差し出されたのは、一枚の写真だった。

若い男女が、寄り添って笑っている。

見たことのない男女だが、初海の中で、これは初海にとってとても近しい誰かだという直感が働いた。

「これは……もしかして……」

「早紀子さん」

初海の傍らから写真を覗き込んだ高辻が呟いた。

「お前さんの両親だ。これはお前さんが持っているべきものだろう」

宗佑はそう言って、初海の手にその写真を持たせ、

「確かに渡したぞ」

ひらひらと手を振って、その場を離れる。

初海はその写真をじっと見つめた。

母は……はかなげな人を想像していたが、むしろ華やかさと優しさを兼ね備えた美しさを持っている。そして父の方が、むしろ線が細くて、初海の面立ちに通じるものがある。

そして二人の笑顔は、本当に幸せそうだ。

これが自分の両親。

確かに愛し合っていた、幸せな二人。

自分はこの二人から生まれたのだ。

胸がいっぱいになって、目が潤みそうになるのを感じながら、初海は思わず高辻を見上げた。

「……私も、初海のお父さんははじめて見た」

高辻も感動したようにわずかに頬を紅潮させて呟く。

初海はふと、この写真が自分の手の中に収まるまでの長い長い過程を思った。

高辻だ。

高辻が初海を引き取ってくれなければ、両親についての詳細も知らず、大伯父に会うこともなく、この写真を見ることも永久になかっただろう。

今、自分が幸せだと感じる全てのことは、高辻が……高辻との恋がくれたものなのだ。

そう思うと、初海の胸に何か熱いものがこみ上げてきた。

「高辻さ……」

高辻を見上げ、胸が詰まって、言葉が出なくなる。

こんな、親族の集まりの中で泣いたりしてはいけないと思うのに。

すると高辻はふいに初海の手を引っ張り、近くにあった窓の、厚地のカーテンの裏に入った。

泣いている顔を親族に見られないように、ということだと初海は思い、なんとか涙を引っ込めなくてはと思っていたら……

高辻は初海の肩を抱き寄せると、優しく言った。

「わたしたちも、この写真のきみの両親のように、幸せな二人になろう」

その言葉を聞いてまた涙が溢れそうになる初海を見て優しく微笑み、高辻はそっと顔を近寄せ、二人はゆっくりと唇を重ねた。

百年後の星空

その建物は、林を抜けた小高い丘の上にあった。

周囲の風景に溶け込んだシックなレンガ張りで、円筒形の建物の周囲に、放射状に小さな菓子箱のようなかわいらしい建物が四つ。

中央の円筒の上には、ここだけ白いドーム状の屋根が載っているが、全体の雰囲気に違和感を与えるほどの自己主張ではない。

周囲に配された白樺の木立や、別棟になったカフェなどが一体となって、絵本の中の小さな村のような雰囲気を醸し出している、
高辻(たかつじ)の車から降りた初海(はつみ)は思わず「うわあ」と声を上げた。

「なかなかいい感じだろう?」

運転席から降りた高辻が初海の隣に立って、少しばかり得意げに微笑(ほほえ)む。

「いかにもプラネタリウム、という感じではなく景観に溶け込むコンセプトだ」

ここは、高辻が企画から関わったプラネタリウムだ。足の便は悪いが星空が非常にきれいだと言われる場所にあって、その星空を天気の悪い日や昼間でも楽しめるようにと、町おこしの目玉として建てられたもの。

高辻が関わったのはそのプラネタリウムの映像と音響部分で、五十七個ものスピーカーをスクリーン裏に配した画期的なサラウンドシステムが、国内ばかりか海外でもオープン前から話題になった。

最初は「実際の星が見られる場所に、偽物の星を見る建物なんか造って客が来るものか」という見方もされたが、いざオープンを迎えたら評判は上々で、近くにある温泉地と併せての宣伝効果もあってか、予約制のシートもかなり先まで埋まっている。

「ああ、高辻さん、ようこそ」

初海と高辻が並んで建物に入っていくと、スーツ姿の初老の男性が出迎えた。

プラネタリウムの館長だと紹介される。

「今日はわざわざ予約していただいて。おかげさまで本当に評判がよくて、今日も全回満席ですよ」

「それはよかった。ネット予約を使ってみたのですが、公式サイトもきれいで使いやすくていいですね」

親しげに挨拶をしてから、高辻は初海を連れてプラネタリウムの中に入った。

円形の空間に飛行機の座席のようなシートが余裕を持って配列されている。床は後方から前方にかけて下っていくなだらかなスロープで、足下はやわらかなクッション材だ。

「ここが特等席なんだよ」

高辻はスマホの予約画面で確認して、最後列の真ん中の席に初海を導いた。

椅子に座ってシートを倒すと、すっぽりと包み込まれて周囲の席はまるで見えなくなる。

やがてアナウンスとともに照明が暗くなると、隣から伸びてきた高辻の手が、初海の手を探り当てて優しく握った。

半球形のスクリーンが暗くなって星空が映りはじめると、まるで本物の星空の下に、二人きりで寝転んで、手を繋（つな）いで星を見上げているような気持ちになる。

今日からはじまるこのプログラムを、初海に見せたかったのだと高辻は言った。

やがて静かで温かな女性の声でナレーションがはじまる。

『今あなたが見ているのは、ちょうど今から一年前の星空です』

一年前……？

はっとした初海の手を握る高辻の手に、やんわりと力が入る。

ちょうど一年前……それは、高辻の別荘で高辻と結ばれた、あの日だ。

「記念日を一緒に過ごそう」

そんなことを言って高辻は昨夜、あの別荘に初海を伴った。

この一年の間に、何度か別荘を訪れてはいる。夜は高辻個人の別荘に泊まるのだが、磯谷（いそがい）家の別荘に顔を出すと別荘番の夫婦がとても喜んでくれるので、食事やお茶はそちらで、というのもここ一年のうちに定まった新しい習慣だ。

初海にとっては、磯谷の別荘は辛（つら）い記憶ではじまった。きついスケジュールでの勉強もそうだし、高辻たちの会話を盗み聞いて、高辻と結ばれた幸福感がすべて吹き飛び、彼を失ってしまったと思った瞬間の悲しさ辛さは忘れられない。

だが、だからこそ、上書きできる幸福な瞬間をあの別荘で重ねることは、毎回新しい喜びでもある。

あの日、「勉強嫌いではない」と初海を庇ってくれた別荘番の老婦人とは、今は「タカさん」「初海さん」と呼び合う仲になっている。別荘に行くときは多忙な高辻に代わって初海が連絡を入れ、用意しておく食事のメニューなども一緒に決めたりしている。

これまで交流のなかったタカと東京本宅の家政婦染谷も、初海が伝言を介しているうちにいつの間にか直接連絡を取り合うようになったらしく、両方の家に親しげな家庭的な雰囲気が生まれてきた。

そしてこれまで「当主」として扱われることに義務感しか感じず、わずらわしささえ覚えていた高辻が、本宅も別荘も「意外に居心地のいいところだったのだな」とふと気付いたように洩らし、「使用人も皆合わせて、大きな家族になっていくようだな」と付け加えたのが、初海にとってはたまらなく嬉しい言葉だった。

もっともそれを「初海の存在が変えたのだ」と言ってくれるのは、初海にとっては嬉しいけれど買いかぶられているような気もするのだが。

そんな雰囲気の中、初海は無事大学生になり、新しい生活にもすっかり慣れた。

そして、高辻との関係も……愛する人が常に傍らにいるということにようやく慣れはしたものの、それでも日々発見があり、新しい甘さや気恥ずかしさや幸福感が生まれる。

東京の本宅では、一応寝室は別々ではあるものの、夜が更ければどちらかの部屋に行く。愛し合うたびに身体(からだ)は高辻に馴染(なじ)み、そして初海にも新しい欲が生まれ、愛し愛されることを自分からも望む気持ちを、羞恥とともにではあるが素直に表せるようになってきた。

身体を重ねない夜でも、高辻の胸に顔を寄せ、腕に抱き寄せられて眠るのは同じだ。

こんなに幸福でいいのだろうか。

いまだに、時折初海は自問する。そして、自分の幸福の源が高辻であると思えば思うほど、高辻を幸せにしたいという気持ちも深まるばかりだ。

初海はそんなふうに、この一年を思った。

プラネタリウムのプログラムは、はるか過去へと遡(さかのぼ)っていく。

星座の配置が変わるほどの昔、地球はどんなだったか。宇宙はどんなだったか。

そしてまた、今度は世界の神話などの星々の物語を紹介しながら、現在に戻ってくる。

これはもしかすると、カップル向けのプログラムなのだろうか、語られる挿話はみな、愛に関するものばかりだと初海が気付いたとき……

星空の変化はゆっくりと止まった。

『いかがでしたか』

また、静かで優しい声のナレーションが入る。

『今日あなたは、大切な人と何億年もの旅をしました。つまり、何億年分もの、同じ思い出ができたのです』

初海は、ずっと繋いでいた高辻の手を、あらためて意識した。

そうだ……二人でこうして、今、何億年もの旅をしてきたのだ。

『今夜は一緒に、本当の星空を見上げてみてください。そして、明日も、一ヶ月後も、一年後も、十年後も。同じ想いで、あなたの大切な人と一緒に、星を見上げてください』

ナレーションは続く。

『そして皆さんの見る星空は、何百年、何千年、何万年と、少しずつ変化を繰り返しながら、輝き続けることでしょう。そして星々が輝き続ける限り、思い出もまた、ずっと輝き続けることでしょう……』

輝きを増して、今にも手が届きそうだった星々が、ゆっくりと薄れていき……前方から、しらじらと夜が明けていくように見える。

こうして、夜が明け、朝が来て、また夜が来て。

高辻とこの先もずっと一緒に星を見上げて。そして二人がこの世からいなくなった後までも、星々とともに二人の思い出は残っていく。

今この瞬間だけではなく、一瞬一瞬の積み重ねが永遠を作っていく。

この地上の数え切れない人の中から、ともに思い出を重ねる相手として高辻と出会えたことは、どれだけ幸福な奇跡なのだろう。

そう思うと、初海の胸はいっぱいになった。

半球形のスクリーンが最後に白くなり、そしてゆっくりと照明が点(とも)ると、あちこちからほうっとため息が上がった。

客たちはやがてゆっくりと立ち上がり、無言のまま、互いに見つめ合ったり微笑み合ったりしながら外に出て行く。

一番最後に、高辻が立ち上がり、初海の手を取って優しく立たせた。

「……おや、どうした?」

高辻が驚いたように初海を見つめ、指先でそっと初海の目尻に触れる。

「あ」

涙が滲(にじ)んでいたのだと、初海ははじめて気付いた。

なんと、説明すればいいのだろう。感動した、なんて言葉では表せない、この切ないほどに深く温かな気持ちを。

すると高辻は初海の気持ちはわかっている、というように頷(うなず)き、目を細めた。

「一緒に見られてよかった」

その言葉だけで、初海には、高辻も自分と全く同じ思いなのだとわかる。

外に出るともう日は暮れかけて、車で高辻の別荘に辿(たど)り着いた頃には完全に夜になっていた。

車を降りると、別荘の建物に入る前に、初海は空を見上げた。

高辻も隣に立って、初海の肩にそっと腕を回す。

雲一つない空は、降るような星空。

プラネタリウムで見たときよりも近く、手が届きそうに感じる。

「……来年も」

初海が思わず呟くと、

「うん、そして五年後も、十年後も、一緒にこの星を見よう」

高辻が静かな声音で応じる。

初海が隣に立つ高辻を見上げると、高辻も全く同じタイミングで初海を見つめた。

こんなふうに、ちょっとした動作、ちょっとした視線さえ重なり、気持ちがひとつなのだと感じることの喜び。

そして初海は、ほんのちょっとだけ唇の力を緩めた。

初海が覚えた、高辻にしかわからない、キスして欲しいときの合図。

高辻は微笑んで、ゆっくりと顔を近寄せ……

初海が瞼を伏せるのと同時に、唇が重なった。

あとがき

このたびは「恋がくれた宝物」をお手に取っていただき、ありがとうございます。ルチル文庫さまでは、はじめましてになります、夢乃咲実です。

今回のこのお話は「あしながおじさん」的なお話、というイメージで書きました。

もともと、ひとりぼっちの受けが素敵な攻めさまと知り合って幸せになる、というストーリーが大好きです。

攻めさまのほうも、何かしらの欠落を受けの存在によって埋められる、互いが互いを必要とする関係、というのがよいと思うのです。

そこに何か「運命的な繋がり」が入れば最高です。

この本で、そういう関係性をじっくり書けたかな、と思っています。

このところ他社さんでちょこちょこ冒険的なこともしているのですが、今回はある意味私の原点的なお話を書かせていただくことができて、改めて「こういうラブストーリーが好きだなあ」と再認識いたしました。

担当さまとは今回はじめてお仕事をさせていただいたのですが、実はずいぶん前から「一度ご一緒にお仕事ができれば」というお話をさせていただいていたのでした。

私の方の都合でなかなか実現しなかったのですが、ようやくこうして一冊の本をご一緒に作り上げることができて嬉しいです。

これからもよろしくお願い致します。

そしてイラストの、榊空也先生。

黒髪やら三つ揃いのスーツやら、個人的好みの塊である高辻、そして繊細な雰囲気の初海を、とっても素敵に描いていただいて、本当にありがとうございました。

素敵な表紙を見せていただいて、きゅんきゅん萌えております。


そして、この本をお手に取ってくださったすべての方に御礼申し上げます。

昨年くらいから、ＢＬ作家としてちょっとチャレンジングな時期に入ったのかな、と思って楽しく仕事をしております。

今回が初めましての方も、これまでも私の本を読んでくださっていた方も、今後ともぜひよろしくお願い致します。

また、次の本でお目にかかれますように。

夢乃咲実　拝

✦初出　恋がくれた宝物……………書き下ろし
百年後の星空………………書き下ろし

夢乃咲実先生、榊 空也先生へのお便り、本作品に関するご意見、ご感想などは
〒151-0051 東京都渋谷区千駄ヶ谷 4-9-7
幻冬舎コミックス　ルチル文庫「恋がくれた宝物」係まで。

幻冬舎ルチル文庫
恋がくれた宝物

2018年3月20日　第1刷発行

✦著者　夢乃咲実　ゆめの さくみ
✦発行人　石原正康
✦発行元　株式会社 幻冬舎コミックス
〒151-0051 東京都渋谷区千駄ヶ谷 4-9-7
電話 03(5411)6431[編集]
✦発売元　株式会社 幻冬舎
〒151-0051 東京都渋谷区千駄ヶ谷 4-9-7
電話 03(5411)6222[営業]
振替 00120-8-767643
✦印刷・製本所　中央精版印刷株式会社
✦検印廃止

ISBN978-4-344-84206-9　C0193　Printed in Japan

ルチル文庫ではオリジナル作品の原稿を随時募集しています。

募集作品

ルチル文庫の読者を対象にした商業誌未発表のオリジナル作品。
※商業誌未発表のオリジナル作品であれば同人誌・サイト発表作も受付可です。

募集要項

応募資格

年齢、性別、プロ・アマ問いません

原稿枚数

400字詰め原稿用紙換算
100枚〜400枚
A4用紙を横に使用し、41字×34行の縦書き（ルチル文庫を見開きにした形）でプリントアウトして下さい。

応募上の注意

✦原稿は全て縦書き。手書きは不可です。感熱紙はご遠慮下さい。

✦原稿の1枚目には作品のタイトル・ペンネーム、住所・氏名・年齢・電話番号・投稿（掲載）歴を添付して下さい。

✦2枚目には作品のあらすじ（400字程度）を添付して下さい。

✦小説原稿にはノンブル（通し番号）を入れ、右端をとめて下さい。

✦規定外のページ数、未完の作品（シリーズものなど）、他誌との二重投稿作品は受付不可です。

✦原稿は返却致しませんので、必要な方はコピー等の控えを取ってからお送り下さい。

応募方法

1作品につきひとつの封筒でご応募下さい。応募する封筒の表側には、あてさきのほかに**「ルチル文庫 小説原稿募集」係**とはっきり書いて下さい。また封筒の裏側には、あなたの住所・氏名を明記して下さい。応募の受け付けは郵送のみになります。持ち込みはご遠慮下さい。

締め切り

締め切りは特にありません。
随時受け付けております。

採用のお知らせ

採用の場合のみ、原稿到着後3ヶ月以内に編集部よりご連絡いたします。選考についての電話でのお問い合わせはご遠慮下さい。なお、原稿の返却は致しません。

✦あてさき

〒151-0051
東京都渋谷区千駄ヶ谷 4-9-7
株式会社 幻冬舎コミックス
「ルチル文庫 小説原稿募集」係